SOUFFLES
DU BIGORRE

ARABESQUES

RECUEILLEMENTS, RÉCITS, MOEURS

AQUARELLES

PAR

M. DUBOIS-GUCHAN

PARIS

E. DENTU, LIBRAIRE-ÉDITEUR

Galerie d'Orléans, Palais-Royal

M DCCC LXXV

SOUFFLES DU BIGORRE

LYON

IMPRIMERIE ALF. LOUIS PERRIN & MARINET

SOUFFLES
DU BIGORRE

ARABESQUES

RECUEILLEMENTS, RÉCITS, MOEURS

AQUARELLES

PAR

M. DUBOIS-GUCHAN

PARIS

E. DENTU, LIBRAIRE-ÉDITEUR

Galerie d'Orléans, Palais-Royal

M DCCC LXXV

ARABESQUES,

RECUEILLEMENTS, RÉCITS,

MOEURS, AQUARELLES.

PROLOGUE.

L E poète ne peut se taire ;
Il lui faut et foule et lecteur.
On sait bien que ce qu'il préfère
C'est l'éloge, et non le censeur ;
Enfin, le bruit fait son bonheur.
Qui se confesserait en prose ?
Mais sous le fin tissu du vers,
Nous laissons choir, à mots couverts,
Tel aveu, telle ou telle chose
Dont la Muse fait des concerts
Animés d'accords très-divers.
Mon amour, mes indifférences,

Mes erreurs, mes vœux, mes souffrances,
Sont des fleurs d'un même bouquet.
En vers, moi, je fais le coquet :
Si je veux, je dis mon enfance,
Je m'accuse avec complaisance,
Je fais le sage ou l'indiscret :
Faute ou vertu, dans le domaine
Des vers, s'installe et se promène.

Donc, voltigez au fil du vent,
Loin des guêpiers, mon œuvre frêle ;
Nul adieu que ce vœu fervent :
C'est que vous flottiez décemment.
Je ne défends pas à votre aile
D'aller, capricieusement,
De la broussaille au firmament,
Mais agréez correctement ;
Sans caresser telle bévue
Choquant l'esprit, — trop bien reçue, —
Comme on en sème en tant d'écrits
Que nous prône, des beaux-esprits
Mal équilibrés, la cohue :
Je ne vous fis point pour la rue,
Mes vers légers ; — si j'ai du trait,
Si de goût ma verve est pourvue,
Si je vais effleurant la nue,
Si je peins a fleur, le portrait,

Si mon livre est une revue
De maint rêve et de maint secret ;
Bref, s'il a certaine tenue,
Gens délicats, et s'il vous plait,
Bon !... C'est pour vous que je l'ai fait.

Octobre 1874.

A MADAME ESTHER MASSOT

En lui envoyant ma photographie.

La voici donc cette image de moi
Qu'il vous a plu, madame, de prétendre.
Je la plaindrai sincèrement, — de quoi ?
— D'être si près de vous sans vous entendre.

DEUX MOURANTS.

Le tronc disait : O feuille tendre
Qu'a surprise un souffle d'hiver,
A mes pieds je te vois descendre
Pour subir l'atteinte du ver :
Autrefois, jeune et verdoyante,
Tu parais ma tête puissante ;
Tu brillais, je m'aimais en toi ;
Tronc rugueux, on me trouve fruste,

Mais je dure, je suis robuste ;
Que n'es-tu tronc ainsi que moi ?

— Las ! je naquis chose éphémère,
Répondit la feuille aux abois ;
Je vais être cendre et poussière
Moi, jadis, fleuron de ton bois.
De toi, le froid m'a détachée
Et j'expire, feuille séchée,
Mais j'expire assez doucement :
Pour toi, la mort n'est pas moins sûre,
Mais tu geindras sous la morsure
D'un fer qui ne dort qu'un moment.

Avril 1872.

UN CARACTÈRE

La Grèce eut ses héros ; Rome, ses magnanimes
Qui savaient s'abaisser pour se montrer sublimes,
Et qui, s'interdisant une indigne pudeur,
Aux grandeurs de l'État immolaient leur grandeur.
Orgueil d'un temps épique, hommes nés pour l'histoire,
Ne resterait-il d'eux qu'une immense mémoire ?
— Non ; la France, à bon droit, leur oppose un rival,
Aussi ferme de bras ; d'un dévouement égal :
Maréchal Canrobert, soldat au cœur civique,
Vous êtes, je le dis, sans faste, un homme antique !

LA PHILOSOPHIE DE L'OISEAU.

Que l'hiver, de son givre, argente les taillis ;
Près du pommier en fleurs, que la vigne bourgeonne ;
Que juillet de leur laine allége les brebis,
Que les fruits, de leur sève, aient parfumé l'automne,

L'oiseau s'éveille à l'aube et trouve à picorer :
Le soir, quand le soleil las de nous éclairer
S'éteint, l'oiseau léger cherche aux plis d'une branche
Son sommeil, sous la feuille obscure ou la fleur blanche.

C'est là que le surprend l'étoile du matin :
Le grain dont il doit vivre est-il proche ou lointain ?
S'abreuvera-t-il d'eau d'étang ou de fontaine ?

Quel sera son abri durant la nuit prochaine ?
Il l'ignore ; il n'a pas ces pensers anxieux ;
Il chante, il vit content : il se confie aux cieux.

Mai 1868.

LE RÉFORMATEUR.

Potard est un sot fort honnête
Qui dit que la fraise est du fiel,
Que l'abeille entend peu le miel,
Et qu'il faut réformer le ciel :
Que faut-il réformer ? — Sa tête.

L'EDEN PERDU.

Satan vient de franchir le pont du sombre abîme,
L'aube, aux lueurs d'albâtre, a blanchi le sentier
Obscur et parfumé qui conduit le Routier,
Sous les plis du dragon, droit au marché du crime.

Le pacte s'y conclut ; la crédule victime,
Ève, au sein curieux, a déjà fait plier
La branche ardue ; et puis, le docte espalier
A ses doigts a livré leur proie illégitime.

Adieu donc, ciel limpide ; et vous, soleils cléments !
Jours purs, nuits sans souillure, astres clairs et charmants !
La terre se durcit, la ronce l'assassine ;

Il faut que l'homme sue à la rompre, ou, tantôt,
Avec trente-deux dents, il mourra comme un sot :
Il lui faut, pour lécher son miel, mordre l'épine.

Mai 1869.

LE VAMPIRE.

Tout près du travailleur, on voit surgir le drille,
Le viveur impudent, le parleur effronté
Qui fleurit à gémir sur le déshérité :
Celui-ci fait le drap, celui-là s'en habille.

LA FAUSSE NOBLESSE.

La mule reste mule ; on ne voit pas l'agneau
Prétendre absolument passer pour un taureau ;
Le bœuf ne veut pas être un crocodile ; en somme,
Quel animal ne sait pas être soi ? — C'est l'homme.

Guillot, fils de Guillot, reste toujours Guillot,
C'est un triste héritier ; mais son frère, moins sot,
Retenant pour sa part trente arbres en partage,
S'appelle, de son chef, vicomte du Bocage.

Et qui donc oserait s'en plaindre, quand chacun
Envie ou contrefait cet exemple opportun ?
Du goût d'un faux honneur notre âme est-avilie ;

Nous renions le sang qui nous donna la vie ;
Et, fiers d'être apostats sous des noms bien vibrants,
Nous changeons nos habits, bien moins que nos parents.

Novembre 1865.

CONTRASTE.

Exigence et laideur savent fort bien s'entendre :
Beauté candide ignore et le tien et le mien ;
Vieille et sèche, Honesta ne sait qu'un mot : combien ?
Pour ses faveurs Agnès ne saurait trop prétendre,
Mais Agnès donne tout et ne demande rien.

INGRATITUDE.

Dieu, qui le peut, commande aux brises du matin
D'étendre sur la terre un tapis d'émeraudes ;
Il veut que l'herbe, — ainsi que la rose et le thym, —
S'abreuve tour à tour d'ondes fraîches ou chaudes.

Il couvre nos vergers de leur neige de fleurs,
Il refait du torrent la source aventureuse ;
Par lui, l'abeille emplit la ruche industrieuse ;
Par lui, le jaune épi féconde nos sueurs.

Homme, le doux soleil, comme la nuit obscure,
Les nuages, les vents et toute la structure
De la terre et des cieux travaillent pour ton pain ;

Et toi, de leurs bienfaits devenu plus farouche,
Quand Dieu, de son froment, a bien rempli ta bouche,
Du Dieu qui te nourrit tu veux mordre la main.

Mars 1866.

TRAVAIL ET VIE.

Mon travail obstiné n'est pas une vertu,
C'est un besoin ; je dois extraire ou faire un livre.
— Dételle, il en est temps ; repose-toi, dis-tu ?
— De quoi me reposer ?... Me reposer de vivre ?

VIOLETTE.

Dans un pli de vélin, timbré d'un chiffre bleu,
Ce qui fut autrefois fleur ou parfum repose ;
Pour moi tu la cueillis humide, demi-close ;
La créer, la flétrir, pour le temps fut un jeu.

Il ne la fit pas naître en dépit des frimas ;
Tu n'en dépouillas pas une rive étrangère :
    Sa corolle, pâle et légère,
Aime surtout les bois et fleurit sous nos pas.

    Où retrouver l'étoile sombre
Et l'ambre doux que recelait ton ombre,
    Débris !... Violette un matin ?...

    Vains regrets ! cette fleur séchée
N'est plus même un parfum ; mais, sa main l'a touchée ;
    J'eus sa gloire, et j'ai son destin.

A MADEMOISELLE M. C.

Pendant quelques mélodies sur un piano.

Sous vos doigts inspirés, chaque air tendre ou sonore
Exhale des accents d'un chaste cœur jaillis ;
Et, comme un roseau garde aux fraîcheurs de l'aurore,
Après le vent des nuits, leurs humides rubis,
Quand le clavier s'est tu, mon cœur écoute encore.

HÉLÈNE ET LES LOUPS.

Quand il fait noir aux cieux et qu'une fille aux champs
Est seule, elle n'est pas suffisamment gardée ;
Mais lorsqu'elle est jolie et qu'elle est attardée
En plein bois, vers minuit, gare loups et truands !

Hélène traversait le bois de Bougarron,
Trop tard pour une fille et svelte et jeune et rose ;
Les nuages suintaient, elle entend quelque chose
Qui clopinait près d'elle ; oh ! serait-ce un larron ?

Elle se tourne, oh ! ciel ! elle voit deux lumières
Rouges et scintillant sous deux fauves paupières.
C'est un loup, un vieux loup ! vite elle fait crier

Ferraille, assiettes, pots, dormant dans son panier ;
Et la bête de fuir en hurlant ; — ô bichette,
Crains plutôt certain loup qui croque ce qu'il guette !

          Avril 1866.

UNE FEMME DE RIEN.

Paul, répondez : Vous autres, gens de goût,
Qu'appelez-vous femme de rien ? Je gage
Que vous nommez ainsi le personnage
A qui, chez nous, tant de sots donnent tout.

LE ROI ASTRONOME.

Etre roi, ce n'est pas observer les étoiles,
S'armer d'un télescope, et, de tout ce qui luit
Épier les rayons dans l'indolente nuit ;
Ni, de l'immense éther, joindre et percer les voiles,

Ni, chercher où va Mars, et si Vénus le suit ;
Ni, si la lune dort, ou change de toilette ;
Ni, pour quel satellite elle fait la coquette ;
Ni, pourquoi l'occident est son pâle réduit.

Il le sut bien, ce roi de la sèche Castille,
Cet Alphonse si prêt à donner des conseils
A celui qui sur nous promène les soleils !

Pendant qu'au zodiaque il braque sa lentille,
Son royaume est le prix d'un fils séditieux,
Et le roi perd la terre en contemplant les cieux.

Mai 1866.

L'OPINION.

L'opinion publique !.. C'est un tic
De travestir ce vil fantôme en maître :
Je suis exact et voudrais bien connaître
Combien de sots peuvent faire un public.

TACITE.

Toi qui sus encenser et maudire un tyran,
Saint-Simon des Césars, sermonneur courtisan,
Les sots pourront vanter ta fière indépendance,
Je te connais ; tu sais ce qu'il faut que j'en pense.

Je conviens — je le dois — que ton mâle burin
S'est gravé dans l'histoire une gloire d'airain ;
Mais ce burin, doté d'une étrange magie,
A l'erreur comme au vrai sait inculquer la vie.

Lorsque, d'après ton drame, on croit Germanicus
Proscrit, empoisonné, trahi pour ses vertus ;
Ou quand, au même titre, on pleure ton beau-père ;

Tu fais calomnier Domitien, Tibère ;
Et, contre le premier, trop tard injurieux,
Tu te montres ingrat bien plus que vigoureux.

  Novembre 1865.

CERTAIN JOURNAL.

De ce journal la traîtrise est certaine,
Il est vénal tout autant que Judas.
— Vénal ou non, dit une voix sereine,
Que nous importe ?... On ne l'achète pas.

JUVÉNAL.

Qu'un autre, avec esprit, fustige des travers,
Ton indignation fit éclater ton vers :
Intrépide vengeur de la morale antique,
Ta satire revêt une grandeur épique.

Comme un gladiateur que n'apaise le sort
D'un ennemi mourant, que lorsqu'il le voit mort,
Ton inflexible vers n'abandonne le vice
Qu'après que de ton fiel il a bu le supplice.

Il nous fallait revoir ce dont tu fus témoin,
Pour goûter de tes chants l'impérieux besoin,
Dans les abaissements de notre ignominie.

Ce qui nous manque enfin pour subir les affronts
Dont ta muse, dans Rome, imprégna tant de fronts,
Ce ne sont pas nos torts, c'est ton mordant génie.

Novembre 1865.

AU PIED D'UNE PHOTOGRAPHIE.

Quel est le soldat que voici,
Le soldat mâle au doux silence?
— C'est le héros sans peur, chez qui
Rayonnent honneur et vaillance;
C'est la loyauté de la France,
C'est Bayard ou c'est Bourbaki.

LUCAIN.

Ennemi des tyrans, pouvais-tu donc écrire
Que, pour porter la fleur, des tyrans à l'Empire,
Le crime était sacré, le bien, hors de saison,
Et qu'on ne peut trop cher acheter un Néron?

Fusses-tu le vainqueur de Virgile et d'Homère,
Comment t'absoudre aussi d'avoir livré ta mère,
Quand, faible conjuré, te fiant aux détours,
Tu proposas son sang pour racheter tes jours!

Mais tu nous fis Corneille... et ta muse expirante,
Même en un bain de sang plus que jamais vivante,
    Sut rassembler ses feux :

Comme un foudre brisé, qui, lassé de la terre,
Se recueille, et, soudain rallumant son tonnerre,
Au milieu des éclairs remonte vers les cieux.

    Décembre 1865.

A TEL POÈTE FÉMININ.

Tu rimes doux ; rien de travers ;
Tes sujets sont assez divers ;
Je goûterais ton caquetage
N'était mainte insipide page :
Mets donc quelque sel dans tes vers !

UN INDÉPENDANT.

Des Guzmans, des Bourbons, un d'Este, un Bonaparte
Gouverner Tourtebœuf! Comment y consentir?
De grands noms, de grands droits, les pourrait-il subir?
En face d'un sang noble, il a honte, il s'écarte;
Où le héros s'installe, il faut que l'autre parte;
Respecter un illustre, oh! c'est trop s'avilir!
Mais vienne tel forban, tel braillard, tel poète
Lâche, insensé, vénal, se faisant une fête
D'adorer tout vaurien, et d'appeler vertu
Tout vice dont tel drôle impur s'est revêtu
(Sacré, d'ailleurs, s'il est connu pour malhonnête
Et capable, au besoin, d'apporter une tête,
Une sainte dépouille au tripot communal,
Pour qui le crime est joie et la droiture un mal);
Vienne, chez Tourtebœuf, tel gueux patibulaire
Que Bismarck, de notre or, sut payer pour tout faire,
Tel drôle s'appelant Millière ou Bergeret,
Raoul Rigault, Ferré, Régère ou Cluseret
(Car je me tais sur vous, coupables de septembre)!
Tourtebœuf l'indompté prétend frotter leur chambre,
Lécher leurs pieds sacrés; sonnent-ils, il est là...
Leur faut-il un laquais bien souple? — Le voilà.

Novembre 1873.

UN ENNUYÉ.

Monsieur se plaint de son ménage :
On l'y trouve capricieux.
Bah ! dit-il, un petit voyage
Ne peut que m'être gracieux ;
Essayons au moins d'être mieux !
Il part, et tout d'abord la brume,
Très-tenace, irrite son rhume ;
Puis la grêle en fait son enclume,
Le vent lui porte mille coups.
Bon ! le soleil... Mais la poussière
Roule, et se loge en sa paupière.
— Rien n'est changé, se dit le hère ;
Franchement ! c'est comme chez nous.

Avril 1872.

CERTAINE CUISINE.

O République bien-aimée,
Foyer du gigot pressenti,
Tu répands beaucoup de fumée...
Mais j'attends toujours ton rôti !

HOMÈRE.

Quand Thétis implora l'industrieux Vulcain
Pour qu'il dotât son fils d'un bouclier d'airain,
L'artiste-dieu créa, dans sa forge profonde,
Une œuvre où son marteau sut faire éclore un monde.

Quel ensemble ! Les eaux, l'air, la terre et les cieux,
Les astres décrivant leur orbe harmonieux,
Le pampre au fruit vermeil, les bois, les mers grondantes;
Par la guerre et les arts les cités florissantes;

Les morts et les vivants s'attirant dans leurs cours,
Comme font les saisons, ou comme font les jours;
Ce monde en bronze... était le présent d'une mère.

Semblable à cette armure, ô poète géant,
Quand nous te contemplons, tu nous parais si grand,
Que, toujours, nous cherchons en toi plus d'un Homère.

Décembre 1865.

LE NEVEU.

Lorsqu'une vieille tante est morte,
Son neveu feint l'étonnement;
Puis, armé de son testament,
Il la met dehors doucement,
Et la pleure... jusqu'à la porte.

LA CLOCHE.

Faire et parler sont deux ; tout péroreur s'amuse,
Et qui prend pour un acte un gros discours, s'abuse.
  Une église était faite, et même son clocher ;
Il n'y manquait plus rien, si ce n'est d'y jucher,
Une cloche ; il est vrai qu'il restait à la fondre,
Et qu'il fallait traiter du prix, même en répondre.
Un baron, là-dessus, convoqua ses manants,
Je veux dire du bourg les premiers habitants...
Il en vint trente-cinq, imposés, très-notables ;
Et puis cinq clercs ; en tout : quatre fois dix capables.
Le congrès villageois s'assemble dans le chœur
Du temple, où, pour parler, s'inscrit chaque orateur.
Le premier commençait déjà d'une voix claire ;
Lorsqu'on lui dit qu'il faut qu'un parleur monte en chaire
Pour s'inspirer, de haut, de ces grands sentiments
Qui remplissent le cœur d'augustes mouvements.
Il y monte, et voilà notre tailleur d'ardoises,
— D'ailleurs voûté — grandi tout au moins de vingt toises :
Il demande d'abord, de quel droit le baron
Convoque le congrès par maître Jean Citron,
Son scribe, trafiquant de plaids et de justice,
Et, pour ne rien cacher, un agent de police.
Ce mot parut très-fort, et fut très-applaudi.
« Pourquoi donc sommes-nous ici le samedi,
« Poursuivit l'orateur, plutôt que le dimanche ?

« Le baron, je le sais, pour notre curé penche ;
« Il dira que demain, jour de fête, à l'autel,
« Le pasteur veut prier avec nous, mais lequel,
« Oui, lequel d'entre vous, parmi les plus incultes
« N'y voit pas qu'on atteint la liberté des cultes ?... »
Autre mot, des plus gros, comme un brandon jeté,
Mais duquel le sénat parut trop enchanté.
Un assistant dit bien : « Mes maîtres, sans reproche,
« Traitons notre sujet ; quel est-il ? Une cloche
« A faire fabriquer au moindre prix coûtant,
« Qu'il nous faudra payer, à terme, ou bien comptant,
« Au moyen d'une taxe honnête et bien assise,
« Sur nos blés, sur nos prés, et sur la marchandise ;
« C'est là le point, et si vous permettez... » — Holà !
« Vous m'y poussez ; c'est moi qui traiterai cela ; »
Dit avec feu quelqu'un, s'élançant de son groupe
Comme un cheval qui, fier d'un mousquetaire en croupe,
Hennit, dresse les crins, et s'en va piaffant
Presqu'aussi bien qu'*Assur* (¹), Picard ou Pelletan.
Illustres que je nomme, ah ! sur moi point d'orages !
Je compare les airs, non pas les personnages.
L'animal, sans raison, trotte une bride au cou :
L'on ne vous bride pas, vous raisonnez beaucoup,
Et... Mais assez ! motus ! j'ai dit le nécessaire
Pour montrer qu'un trotteur d'un orateur diffère.

(¹) Cheval de turf.

Le nôtre, le tribun de village, éclatant :
« La cloche, cria-t-il, coûtera trop d'argent !
« On grossira l'impôt, et puis, suivant l'usage,
« De ce furtif impôt — notre éternel partage —
« On n'en rabattra rien ; nous resterons taillés ;
« Et, d'abus en abus, nous serons dépouillés,
« Tondus, privés de pain, mis à nu sur la paille :
« Et puis, de nos sueurs d'autres feront ripaille ;
« Passons !... Mais veut-il bien, notre maître et seigneur
« Le baron, déclarer qui sera le sonneur
« Du bronze clérical payé de notre poche?
« Je l'interpelle ici, qui sonnera la cloche?
« Un de ses complaisants, un coq de basse-cour,
« Quelque valet !... » Ce trait, qu'un regard de vautour
Rendit plus acéré, fut goûté sans mesure,
Et l'orateur obtint un merveilleux murmure.
Le succès encourage, et, sans quitter son banc :
« Messieurs, dit maître Paul, c'est un affront sanglant
« Qu'on nous oblige à suivre, en venant à la messe,
« Un chemin nivelé, vrai sentier de paresse :
« Jusqu'ici l'on passait, sans gêne en ses penchants,
« A travers les taillis, et même à travers champs ;
» Quelques blés en souffraient peut-être !... Bagatelle !
« La franche liberté veut être personnelle ;
« Est-ce clair? Suspectons tout bien-être nouveau !
« Chacun n'est plus chacun, dès qu'on devient troupeau. »
Là-dessus, du sénat la fierté courroucée

Frissonne comme un fer brûlant dans l'eau glacée :
On exhale cent cris, on fait vingt motions ;
Ce ne sont que brocards, qu'interpellations,
Que nargues, que fureurs, que clameurs saugrenues ;
Jamais cloche à ce point ne fit trembler les nues ;
Et c'est un peu de cuivre à fondre, un peu d'airain,
Qui fait ainsi tourner la tête au sanhédrin.
Mais que ne peut la langue ou plutôt la manie
D'un sot, dont la faconde absurde est le génie !

L'été, lorsque la nuit éclate en ses splendeurs,
Quand, sur les prés, la lune épanche ses lueurs,
Quand le flot près du flot retient son frais murmure,
Quand l'air discrètement caresse la verdure ;
Lorsque le bœuf repu, sous la crèche est couché ;
Sur un front bien-aimé quand l'époux est penché ;
Quand l'oiseau dort au bois, le saint dans son cilice,
L'enfant dans son berceau, la fleur en son calice,
Soudain, si tel roquet hurle au disque d'argent
Que la blanche Phébé promène au firmament,
Vingt roquets, comme lui, pris d'un bruyant délire,
Du calme issu des cieux troublent le chaste empire ;
On dirait, à les voir conjurés pour glapir,
Que le repos d'autrui les prive de dormir :
De même le Sénat, qu'aigrit la garrulance
De ses roquets, ne peut qu'ajourner la séance.

Un homme cependant frappait tous les esprits ;
C'était... pardonnez-moi si je vous le décris ;
Cette peinture importe ... On voyait sur sa hanche
Un blason tramé d'or que répétait sa manche ;
Sur ses chausses le blanc le disputait au bleu,
Et sur son dos brillaient des fleurs au teint de feu.
D'un large cuir doré, pendait à sa ceinture
Une batte, d'un glaive empruntant la figure ;
Un cor d'ivoire était à son cou suspendu ;
Sur sa tête un bonnet, en mitre, était fendu ;
Là, serpentaient grelots ; de là, tintaient sonnettes.
Au fond (sauf un faux pli qui gâtait sa toilette),
Frais, alerte, égrillard, ferme, étoffé, cossu ;
C'était un beau nabot, s'il ne fût né bossu.
Ce nain logeait en soi, lecteur, un personnage
Mixte et faisant métier de fou, mais fou très-sage :
Grave, rieur, grotesque, il était du baron
L'amusement, l'ami, le singe ou le Varron ;
Gonnin — pourquoi ne pas le nommer?— dans l'enceinte
Où l'on s'agite, observe une gravité feinte.
Il marche avec lenteur, semble compter ses pas,
Les yeux baissés, portant un livre sous son bras,
Comme un premier-ministre à qui son portefeuille
Pèse, et qui lentement médite et se recueille,
Pour résoudre jusqu'où le contraint le devoir,
Et s'il doit abdiquer ou garder le pouvoir ;
Ou bien, comme un soldat qui, placé sous les armes

Près d'un poste ennemi, dans un instant d'alarmes,
Immobile, penché, semble écouter le vent,
Et de ses facultés fait un emploi savant.
Tel était donc Gonnin, lorsqu'un épais notable :
« — Maître fou, lui dit-il, tantôt, à cette table,
« Pendant que nous parlions, sur ton livre campé,
« De noter nos débats tu semblais occupé.
« Dis-moi, ce livre est-il exact, ou, par prudence,
« N'aurais-tu pas commis lacune ou réticence ?
« Parle ? — Oh ! je suis sans peur, et mon livre est correct ;
« J'ai mis par le menu ce que vous avez fait. —
« Tout ? — Absolument tout, messieurs, prenez le tome
« Où j'écrivais ; lisez : s'il y manque un atôme
« De tout ce qui s'est fait, je veux être pendu !
« — Voyons !... ton livre est blanc, te voilà confondu !
« — Nullement ; s'il est blanc, il exprime, au contraire,
« Ce que dans vos conflits, moi, je vous ai vu faire.
« — N'avons-nous pas longtemps... discuté ? — Soit ; Hé bien!
« Qu'est-ce que discuter, mais sans résoudre ?... — Rien.

Lecteurs, si, parmi nous, Gonnin tenait la plume,
Pensez-vous que sans peine il remplît son volume ?

avril 1867.

LES FLEURS DU MAL.

Le mal n'a pour flatteurs que des esprits funèbres :
L'orgie est une brute ; une infâme à loger
Dans telle catacombe où viennent s'héberger
Reptiles et rongeurs, ces gloires des ténèbres.

De galeuses brebis triste et jaloux berger,
Les visqueuses toisons qu'en elles tu célèbres,
Leurs impurs suintements dont tu repais tes lèvres,
L'opium qui te gorge et te rue à songer

A la chair crue, au sang, à toute créature
Impudique ou vineuse, à toute pourriture,
A tout ce qui se nomme ou crime ou bacchanal,

Voilà ce qui te plaît ; c'est ce qui rend heureuse
Ta propre infection, muse cadavéreuse ;
Et ton plus doux parfum, c'est le parfum du mal.

Mai 1869

VULGUM PECUS.

Ton livre est bête, on l'applaudit,
Autour du mien tout fait silence ;
Constate une autre différence :
On te délaisse, on me relit.

NAPOLÉON PREMIER.

Comme vole un quadrige emporté dans l'arène
Au gré de sa fureur, en brisant mors et rêne,
Loin du but glorieux, loin du chemin tracé,
La France cahotait du présent au passé,

Quand ta robuste main vint saisir le quadrige,
Et de son cours sublime accomplit le prodige.
Tu t'élanças, d'un bond, du Thabor au Kremlin :
Ta poussière obscurcit Madrid, Vienne, Berlin :

L'Europe, sous tes pas, avait changé de face
Quand d'austères destins, jaloux de ton audace,
Sur un morne rocher purent clouer ton sort :

Mais la France longtemps ne crut pas à ta mort ;
Tu t'éclipsas pour elle au milieu des orages,
Comme un aigle blessé qui meurt dans les nuages.

Décembre 1865.

UN BON MOUVEMENT

O communard que désespère
Le réveil du bon sens !... tu n'y peux consentir,
Il te crispe, et tu dis : Je préfère mourir.
Eh bien ! soit, beau mignon, préfère !

A GÉRARD LE CHASSEUR D'AFRIQUE.

Le Nil cache sa tête; et le Rhin, sous le sable,
Voile le déshonneur de ses flots épuisés :
Hercule, au sein des feux de ses mains attisés,
Pour être dieu, subit une fin misérable.

La mort de Romulus fut obscure et coupable;
Pour embaumer les airs, les parfums sont broyés :
Lorsqu'à travers les pieux et les étais brisés,
Le lion dans un trou tombe et devient tuable,

Des femmes, des enfants insultent son malheur;
La pierre pleut sur lui; c'est un traître, un voleur :
Lui qui sait ce qu'il fut, il meurt grand, sans se plaindre;

Jusqu'à son dernier souffle il grince, il se fait craindre :
Comme lui, dans un piége, étonné de périr,
Gérard, comme un lion, tu sus vivre et mourir.

Juin 1866.

UNE ERREUR.

Tu dis : Défunt Pinson l'avare
Ne fit nul bien; — sur ce, très-fort
Mon esprit, du tien, se sépare :
Eh! quel plus grand bien que sa mort?

A L'ARÉTIN.

Avec ta plume d'or et ton âme de boue,
Tu vécus un sujet de scandale et d'orgueil :
Chez combien de grands cœurs ton fiel jeta le deuil !
Combien tu fus expert à flétrir ce qu'on loue !

On t'adule et, parfois, le bâton te secoue ;
Ta bile — ton trésor — est aussi ton écueil ;
La fortune s'étale et rougit à ton seuil ;
On t'appelle divin, toi, taillé pour la roue !

Pape, rois, cardinaux, qui n'as-tu bafoué ?
Si Dieu put t'échapper sans être rabroué,
« C'est que tu n'avais pas l'honneur de le connaître, »

C'est ton mot ; car qui fut plus impudent que toi ?
Des vauriens de ton siècle on te nomma le roi ;
Je vais plus loin, je dis : Tu méritas de l'être.

Avril 1866.

LE PÉCHÉ DE LA FEMME.

Lorsqu'une femme dit : « Je t'aime, »
Elle fait un péché mignon ;
Car, soit qu'elle en convienne ou non,
Ce péché tient à sa peau même.

LA COUR D'ASSISES.

Dans un pauvre taudis de l'Alsace, une mère
Avec ses deux enfants était gisante à terre :
Sa tête était broyée ; un cordeau suffocant
A son cou retenait et l'un et l'autre enfant.

L'assassin voulait feindre un triple suicide ;
— C'était stupide, — soit ; mais, de plus, l'homicide
Dans une fête agreste était allé, le soir,
Frétiller, sans daigner passer par le lavoir ;

Le crime encor fumant, dansait la contredanse,
Quand la justice vint terminer l'insolence,
Et saisir, tout sanglant, le monstre original.

Puis, sa mère aux jurés retraçant l'aventure,
De l'infâme histrion sut prendre la posture :
J'en frémis ; mais la cour d'assises fut un bal !

Juin 1866.

BOUTADE.

On court à Baïa pour y voir
La mer et ses plages vermeilles
Quand vient le jour ; mais, sur le soir,
Ce n'est plus qu'un bouge... Au revoir !

L'ALGÉRIE.

A mon frère Achille, ancien chef de bataillon.

Que l'Afrique est superbe avec son beau soleil,
Ses bleus panoramas, son horizon vermeil,
Ses forêts d'orangers, ses bois de sycomores,
Ses chevaux, ses lauriers-roses, ses femmes mores,
Ses vins, ses blés, sa mer, ses larges citronniers
Et ses plateaux noircis de succulents figuiers ;
Avec l'antique Atlas jetant ses grandes ombres
Sur les douairs, les gourbis dormant en ses pénombres,
Et sur tant de débris massifs, tant de ciments
Tenaces, autrefois illustres monuments
Que bâtirent les mains de la sombre Carthage,
Que Rome sut accroître ; et, que le bras sauvage
Du Vandale et du Turc, l'un méchant, l'autre sot,
Détruisit, comme sut détruire un Visigoth,
Pour mieux molester ceux que sa targe et sa lance
Accablaient de leur dure et vile omnipotence !
Ravageurs outrageux, les splendides grandeurs
Gisant en ces débris, flétrissent vos fureurs !
Heureusement, alors, barbaresque infidèle,
Tu n'étais pas issue au jour, Alger la belle :
Tes minarets aigus, tes dômes, tes palais,
Tes pavillons fleuris, tes kiosques, les agrès
Des vaisseaux balancés sur ta mer transparente,

2.

N'étaient pas, sur tes eaux, une forêt flottante ;
Ta nuit tiède et sereine, en ses plis radieux
Ne berçait pas l'Héthère au voile insidieux.
Sauf la mer et le sol, les œuvres d'un autre âge
Attendaient l'avenir pour orner ton rivage ;
Le turban, le burnous, le haïk aux plis jetés
Sur l'acier de Damas, n'étaient pas inventés ;
Puis, vous n'étiez pas nés, orangers centenaires,
Sveltes palmiers, cactus pourprés, môles austères
Où le flot mugissant jette, avec ses fraîcheurs,
Tout le butin des mers à d'obstinés chercheurs !
Vous n'étiez pas éclos, Arabes, durs Kabyles,
Ni vous, doux conquérants, apportant dans les villes,
Prix de votre valeur, les armes de la paix ;
N'écrasant les vaincus que du poids des bienfaits ;
Français, que ces vaincus, dans vos combats suprêmes,
S'évertuant pour vous autant que pour eux-mêmes,
Etonnèrent en vain de leur fidélité !...
Proclamons cependant leur magnanimité :
Pour nous quels grands amis ! Crions-le, c'est justice.

Oh ! de l'Afrique, ainsi, quelle adorable esquisse !
Et qu'il y ferait beau vivre sans les rigueurs
Qui, d'un soleil outré, corrompent les splendeurs !
Les champs y sont bornés ; le désert redoutable
Leur défend d'aborder son empire de sable :
Près de lui, la verdure infirme est un fouillis

De rudes végétaux, de buissons avilis
Par l'éternel contact d'une intense poussière :
L'alfa stérile et sec y traîne sa crinière ;
Là, pour le maître errant, l'habitacle en roseaux
Ou la tente empruntée au poil roux des chameaux,
S'assied sur un sol âpre, épineux, sans ombrage.
Là, le chacal, le soir, jette son cri sauvage,
Précurseur du terrible et long rugissement
Du lion qui, dans l'ombre, approche lentement
Vers le gourbi qui tremble et le bœuf qui frissonne.
Là, l'insecte rampant et venimeux foisonne :
Là, le sable est suspect ; le ravin, menaçant,
Car la bête s'y vautre ; ou, devenu torrent
Par l'orage imprévu, ce qu'il touche il l'emporte,
Et, sous ses bonds fiévreux, tout effort d'homme avorte,
Puis, le ciel qui, la veille, épanchait tout l'été,
Dès qu'il a plu, contracte une rigidité
Qui transit, comme si l'hiver, avec sa glace,
Du sol incandescent, soudain, brisait la face ;
Et, s'il neige, chassés de leurs antres lointains,
Que de monstres, privés de leurs sanglants festins,
Hurlent autour de l'homme : « Il me faut ma pâture ! »
Pourtant, là même on voit sourire la nature :
Auprès d'une onde, un chêne immense, au dôme frais,
Semble un autel, un temple, un refuge, un palais.
Là, le piéton s'arrête, il prie, il y respire ;
L'ombre du noir feuillage interrompt son martyre,

L'oasis le prépare à de plus longs efforts,
Il s'y retrempe ; et puis, affronte d'autres bords.
Frère, sois-m'en témoin ! tu connus deux Afriques,
L'une aux tableaux charmants, l'autre aux aspects tragiques.

Tragiques, tu le sais... car, dès que le Brutal,
Toussant sur son affût, ouvre sa gueule au mal,
Gibernes, sacs, fusils, shakos, sabres, ondoient ;
Sur les rochers voisins les burnous blancs chatoient,
Et le feu fait son œuvre, et les balles leur trou,
Et le flissa, coupant nos têtes sur leur cou,
Les fait sauter ainsi qu'un vol de sauterelles ;
Et l'Arabe les pend saignantes sur les selles
De ses nerveux chevaux par la poudre enivrés,
Tandis que nos soldats, d'un ciel de feu cuivrés,
Au sang de l'Africain trempant leur bayonnette,
Lui font mordre le sable et rugir sa défaite.
Lui, cependant, l'œil fauve et le bras frémissant,
Criblé, percé de coups, il reste menaçant ;
Chez lui nul tremblement, même en son agonie ;
Jusqu'à son dernier souffle, il combat pour sa vie,
Et, lorsqu'après la lutte, on visite les corps
Des Arabes tués, on convient que ces morts
Tout noyés dans leur sang, issu de vingt blessures,
Portèrent de grands cœurs sous de mâles figures.
Bref, l'ennemi s'évade en tourbillons poudreux
Comme en poursuit des vents le souffle impérieux :

Mais le vaincu s'obstine au nom de sa patrie ;
Sa défaite entretient et double sa furie :
Il écrit au vainqueur : « Nous te harcelerons ;
Tu nous battras encor, mais nous t'épuiserons ;
Notre soleil est chaud ; ce fécond luminaire,
Ton ennemi fatal, est notre auxiliaire ;
Le désert nous recèle, il te découvre à nous ;
C'est là que, plus qu'ailleurs, tu sentiras nos coups ;
Viens-y... tu comprendras que la mer emportée
Par la vague fuyant sur la vague irritée,
Est l'emblème de ta durée en nos foyers...»
Et puis, vers l'horizon courent des cavaliers
Egorgeant, pas à pas, nos fantassins qui traînent ;
Et, le soir, des rôdeurs, bien pourvus, se promènent
Autour de nos bivacs ; et nos tentes, la nuit,
Les sentent serpenter, près des dormeurs, sans bruit ;
Et là, malheur !... au vol, l'assassinat s'ajoute ;
Puis, la fièvre et la faim enveniment la joute,
Et nos blockaus surpris, et nos chemins coupés,
Et nos camps investis, et nos coureurs frappés,
Nous font sentir enfin je ne sais quelle trame,
Je ne sais quel filet de mort qui nous réclame.
Mon frère, en ces jours noirs, ton courage fut beau ;
Fier de taille et de bras, tu portais le drapeau
D'un régiment choisi pour honorer l'armée :
Médéah, la fertile, était presque affamée ;
L'Arabe interdisait ses plus étroits confins,

Il occupait sa vigne et sa forêt de pins ;
Et quelques bataillons de nos vaillants de France
Y languissaient, pâlis, vaincus, par la souffrance :
Il faut les dégager, il faut que Changarnier,
Le premier à l'assaut, au repos le dernier,
Coure vers Médéah qu'épuise sa détresse.
Un monde d'ennemis pour l'accabler la presse,
La mort fauche partout, le sang coule à torrents :
Frère, le sang, la mort vous trouve indifférents :
Le drapeau, dans tes mains, portait haut sa menace,
Car ton front l'imprégnait d'une indicible audace ;
On l'attaqua vingt fois ; sur sa hampe on fondit ;
Mais ton bras le portait, ton bras le défendit :
Assailli, résistant, troué, mais inflexible,
Ce labarum sacré, par toi, fut invincible.
Debout, malgré les morts sous ses replis jetés,
Ton drapeau réveillant les intrépidités,
L'ennemi, fatigué, nous céda la victoire.
Frère, ce rude assaut fut beau pour ta mémoire,
Et quand l'ordre du jour du général parla,
Non moins que ton drapeau, ton nom étincela.
Tu fus signalé brave entre tous ; par quel homme ?
Quel soldat ? Changarnier, il suffit qu'on le nomme.
Ce jour, l'oublierais-tu ? Pour moi, je m'en souviens ;
L'honneur du nom qu'on porte est le premier des biens,
Et la main qui t'écrit ces vers pour te distraire,
Tressaille en burinant ces mots : « Bravo ! mon frère. »

Mai 1874.

LA VIE.

La vie est une fête; oh! comme la nature
Est verte et souriante en sa forte beauté!
Que la mer a de flots! le ciel, de majesté!
Combien le jour enivre, et que la nuit est pure!

Pour nous, l'étoile veille et la forêt murmure;
Pour nous surgit l'aurore et pour nous, en été,
La rose empreint de feux son disque velouté;
Pour nous, de l'univers la sève et la parure!...

Ainsi parlent ceux-là pour qui les jeunes ans
Promettent le bonheur d'un frais et long printemps:
Sont-ils sensés, ou bien, sont-ils pris de folie?

Bientôt, comme la neige, on voit fondre la vie,
Le frêle enduit s'écoule, et, sous tant de blancheur,
Que voit-on? — La crevasse et le gravier sans fleur.

Mars 1865.

UNE RECETTE

Jeanne, vous voulez être heureuse
En filles: oh! point de leçons
Sur ce, que d'être un peu soigneuse:
Jeanne, n'ayez que des garçons!

L'OMBRE DES CHOSES.

A Madame Louise Génu-Règiol.

> « Les nuées qui flottaient hier dans le ciel,
> que sont-elles devenues ! » (GŒTHE.)

Vous avez vu du Rhin l'onde écumante et fière
Couler, avec bonheur, sous nos drapeaux français ;
L'Alsace vous fut douce, et là, votre paupière
S'éveillant sur le monde, entrevit des succès.
Tout enchantait alors, jeune et rêveuse fille
Sous l'aile d'une mère, au foyer de famille,
     L'aube sereine de vos jours ;
Et moi je comptais là des amis dont le nombre,
Décroissant, décimé, s'éteint dans la nuit sombre,
     Mais, de moi, regretté toujours.

Le Rhin dut vous céder aux grèves de la Loire,
Et vous et moi longtemps nous devînmes bretons ;
Nous devisions au bal, si j'ai bonne mémoire,
Et nous causions de mieux que parure et festons.
Un jour, ce fut celui qui des jours de la vie
Est le plus espéré, vous nous fûtes ravie
     Par un mâle et charmant époux :
J'étais là ; j'y pus voir rayonner votre père :

J'étudiais les traits émus de votre mère,
    Ils rêvaient tous deux près de nous.

O songes frais et purs ! que notre âme éperdue
Quand vous êtes passés, regrette les instants,
Ou mieux, l'instant si bref qui, trompant notre vue
Sur le noir avenir, nous dit : « Vivez contents ! »
Fallait-il voir, si tôt, votre mère, ô madame,
En longs crêpes de deuil, me raconter le drame
    D'un mari mort entre ses bras ;
Puis, jaillir de ses yeux, comme un rayon d'aurore,
Comme un reflet d'azur, comme un doux météore,
    Un pleur effacé sous ses pas ?

En ce pleur, je compris combien coulaient de choses
Qui brillent, sur nos jours, pour mourir promptement ;
Je compris que la ronce est voisine des roses,
Et que le vil charbon s'incruste au diamant.
O notre antique Alsace, où donc est ta patrie ?
O Loire, qu'as-tu fait d'une cendre chérie ?
    Quelle main lui porte une fleur ?
Madame, où donc la voix qui vous nommait sans cesse,
La voix de votre mère, erre-t-elle ?.. O tristesse,
    Tout est passé comme son pleur !

    Juin 1872.

LES DEUX VÉNUS.

Vous ressemblez à Vénus elle-même,
Vous unissez son charme à sa bonté :
De quoi priser cette illustre beauté,
Dont vous n'ayez aussi le don suprême ?

Un teint d'aurore et des cheveux cendrés ?
Ils sont chez vous ; et, quant à la ceinture
De la Cypris, ce fut une imposture
Au prix du jeu de vos regards madrés.

Comme Vénus, certes, vous êtes belle ;
Mais de combien vous l'emportez sur elle
Par le mépris de toute iniquité ?

Pour le prochain, Vénus souvent éprise,
Goûta Vulcain, Mars, Adonis, Anchise...
Quel amoureux n'avez-vous pas goûté ?

Novembre 1865.

LA FEMME HOMME.

Tu veux qu'on te dise, au plus vite,
Ce qui te place ou bas, ou haut ?
— Être homme, voilà ton mérite ;
N'être pas femme est ton défaut.

UN BAISER DE FIANCÉS.

A Madame Esther Massot, née de Laplace.

Un premier mot : Connaissez-vous la Frise,
Madame ? — Non. — Souffrez donc que je dise
L'intime aspect, les mœurs de ce pays :
Point de palais, mais de charmants logis
Tout dentelés, ornés de colonettes,
De mascarons aux figures follettes,
Et dont les murs, empreints de vingt couleurs,
Semblent un pré d'avril noyé de fleurs.
Passez le seuil : Voici la vaste armoire
En vieux poirier sculpté, de teinte noire,
Où le ciseau détailla savamment,
En mille effets, maint et maint agrément.
Quant à son creux, il logerait, ce semble,
Et mère, et fille, et gendre, tout ensemble :
Là, que de linge honneur de la maison !...
Chaises autour se dressent à foison ;
Chaises en bois antique, et, tourmentées
Par l'ouvrier, mais surtout bien frottées.
Vouloir compter les bahuts, les étaims
Et les plats bleus de Delf, et les bambins
Grouillant aux pieds de toute ménagère
Saine, robuste, et dont la main légère

Polit et fait briller cuivres et bois,
Ce serait long et sans profit, je crois :
Mais aimez-vous le cheval noir-ébène ?
Admirez-le chamarré qui promène
Son maître épais dans un rond charriot,
Pompons aux crins, sonnant de maint grelot,
La tête au vent, respirant l'allégresse
(Et pourquoi non ?) de tirer une caisse
Lourde, mais riche et d'or et de carmin,
Lorsqu'il dévore, au grand trot, un chemin
Tout parqueté d'une brique durcie
Que ne corrompt ni poussière, ni pluie.
Parlons plus bas !... Ce morne cheval noir,
Sous le Uhlan, chez nous s'est trop fait voir ;
Ami cheval, trottez ailleurs, de grâce !

Quant au Frison, que lui faut-il ? la glace,
La glace intense et dure, en ses canaux :
Lorsque la bise a concrété ses eaux,
En un vitrail où la bombe enflammée
A l'entamer perdrait fer et fumée,
Toute la Frise est en plein carnaval.
Là, le patin devient soulier de bal,
Le patin-flèche, acéré ; bref, une aile
Dotant le pied du vol de l'hirondelle.
Ainsi lesté, le tranquille Frison
Devient si vif qu'il en a le frisson,

Qu'il en tressaute et ne tient plus en place,
Et ne vit plus s'il ne court sur la glace.
L'artilleur vient y rouler ses canons,
L'infanterie en massifs bataillons
Y trône en reine, et la troupe affolée
Des tirailleurs y peint une mêlée :
Mais qu'il est plus friand le doux tableau
De deux promis emportés en traîneau
Par l'étalon tout chargé de sonnettes !
Ou mieux, combien de paroles coquettes
Combien d'ardents, d'humbles regards lancés,
Par deux amants, l'un par l'autre poussés
Et se penchant sur la glace argentine
Comme deux lys qu'un même souffle incline !
J'en dirais plus, mais vous m'arrêteriez,
Dame au goût probe, ou vous vous écririez :
— « Ami rimeur, vous avez pris pour titre
« Certain baiser, traitez donc ce chapitre. »
— Bon ! J'y songeais, mais peut-être un écart
S'impose encor ; quel conteur n'est musard !

En ce temps-là (je parle d'un autre âge)
Vivait en Frise un très-saint personnage,
Docte de plus, car il était de ceux
Que l'ergotage avait rendus fameux.
Menno rêva, drapé dans sa chemise,
La plume aux doigts, de réformer l'Église,

Et sut, du moins, troubler quelques cantons
Frustes, naïfs, tout peuplés de Frisons.
Dès lors, traqué par un pouvoir sévère,
Il ne savait où loger sa misère.
Prêtre jadis, il connut un bon lit;
On le choyait dans les lieux où l'on rit;
Les opulents ouvraient pour lui leurs tables
Et l'imbibaient de leurs vins délectables;
Mais devenu père, époux, l'apostat
N'avait pour lui, ni gîte, ni grabat:
Il lui fallait pour toute hôtellerie
Geindre, la nuit, en telle porcherie;
Pour matelas, trouver quelque fumier:
Bref, des gueusans il était le premier;
Haillonneux, blême, offensant trop la vue,
Si que les chiens l'aboyaient dans la rue;
Et, nonobstant, ce pâle vagabond,
Prêchant les mœurs, lui-même pudibond,
Réformateur tenace et forte tête,
Fit une Église étroite, mais honnête
Où tous les siens furent très-rigoureux,
Même cruels aux desseins amoureux.
J'en suis ravi, j'ai mes raisons; silence!
J'accouche enfin, mon conte ici commence.

Depuis deux ans (c'est beaucoup), deux promis,
Deux fiancés, se sentaient plus qu'amis.

Un casque d'or qu'ombrage la dentelle,
Rend la Frisonne appétissante et belle ;
Ajoutez-y l'œil tendre, un sang vermeil,
La promenade au coucher du soleil
Faisant goûter, à deux, le crépuscule,
Et puis, bénir la lune qui circule...
Certes, alors, il est permis d'oser,
Entre promis, souhaiter un baiser,
Et de tenter ce baiser secourable ;
Ainsi fut fait, mais ce baiser aimable,
Trop long peut-être et trop serré, fut tel
Qu'un survenant le trouva criminel,
Le dénonça gravement à ses frères
Et le fit mettre au ban des cœurs sévères.
Le jour d'après, tout chaud, certain pasteur
Se montre en chaire et dit : que la pudeur
Et la piété, se plaignent d'un outrage
Qu'il faut flétrir pour parer au ravage
Que peut causer un exemple mauvais ;
Et que l'honneur (compromis désormais)
Du clan sacré, commande qu'on diffame
Publiquement, une rencontre infâme :
Même, il promet de signaler les gens
Charnels, épais, serviteurs de leurs sens,
Qui se sont fait, d'un baiser, une tache
Plus qu'ordinaire et dont le ciel se fâche ;
Il nomme enfin les futurs trop épris...

— Vous comprenez, sur eux, combien de cris !
Voyez pourtant comme le ciel paterne,
Quand l'homme est dur, l'entrave ou le gouverne :
Le ciel suscite, à l'instant, un pasteur
Moins irritable et traitant de rigueur,
Au moins étrange, un éclat inutile
Pour un sujet, en vérité, futile :
Car, après tout, l'écart est tel qu'il faut
Ou l'excuser, ou proclamer tout haut
Que si l'on veut la mort des peccadilles,
On ne doit plus laisser sortir les filles
Pour la cuisine, ou même le lavoir ;
Et, cela dit, dans le temple on put voir
Se diviser le peuple mennoniste :
Pour le baiser, le parti tendre insiste ;
L'autre moitié rechigne et le maudit.
Que faire ? Chut !... Motus !... Point de conflit,
Ce serait mal pour le dehors ; la chose
Ferait jaser contre la sainte cause.
On convient donc qu'au temple on dressera
Tel mur très-haut, lequel séparera
Les partisans du baiser, des austères
Qui, du baiser, restent les adversaires ;
Et, sans retard, ce qui fut dit fut fait.
Oh ! l'ennemi du bien, c'est le parfait :
Put-il durer ?... Non pas ; le grain de sable
Autant que l'homme et que la femme est stable.

Quand, près du cloître, au temple on dut s'asseoir,
On trouva long de ne plus s'entrevoir ;
Sorti du prêche, on se faisait tel signe
Doux et secret qui blâmait la consigne,
Et puis le mur croula, je ne sais pas
Comment ; on dit qu'il fut miné tout bas,
Qu'on en jeta les débris dans la rue,
Et qu'on eût cru fêlé, pris de berlue,
Jeune ou vieillard qui s'en fût souvenu.
Tel est mon conte ; est-il donc saugrenu ?

L'Atlas connut votre aurore brillante
Belle charmeuse, et vous surprit souvent
Sur un cheval de race et véhément,
Courant la plaine infinie et brûlante !
Il vous ouvrit des harems où vos yeux
Perçants, sondaient des cœurs mystérieux :
L'Arabe put éblouir vos oreilles
(Il est conteur) d'un tissu de merveilles
Sur les douceurs, les écueils de l'amour
Dans les gourbis, lorsque s'éteint le jour.
Ici, le sang comme le feu, ruisselle,
L'Afrique brûle, et dans la Frise on gèle ;
Pourtant l'amour reste l'amour partout,
Et quand on est épris, quand le cœur bout,
Si l'on est deux, bien seuls, au crépuscule
Le baiser plaît, nonobstant le scrupule.

3.

— Qui dit cela ? — La nature ; un dévot
En pareil cas, s'il n'est homme, est un sot.

Juillet 1874.

LA CONFESSION.

Pierre était à confesse et ne savait qu'y faire.
Voyons ! je vais t'aider, lui dit son correcteur,
Réponds : — Es-tu gourmand ? — Non pas. — Es-tu colère ?
Non pas. — Ambitieux ? — Non pas. — Es-tu voleur ?
Non pas. — Fornicateur ? — Non pas. — Es-tu joueur ?
— Non. — Serais-tu donc vain, menteur, atrabilaire,
Envieux, médisant, batailleur ? — Mon Dieu ! non.
— Qu'es-tu donc, mon ami ? — Père, je suis maçon.
Qui fut penaud ? Je crois que ce ne fut pas Pierre.

UN FAUX REMÈDE.

Mon Dieu ! disait telle Française,
Grasse et ronde au point d'en rougir ;
Si le chagrin fait dépérir,
Combien l'on m'aurait vu maigrir
Du regret que j'ai d'être obèse !

AU LABOUREUR.

Dans ta ferme, nourris des bœufs aux larges cornes ;
De l'herbe leur suffit, leur travail est sans bornes.
Occupe-les surtout quand le ciel rigoureux
T'annonce le retour de l'hiver ténébreux.

Sois matinal ; laboure aussitôt que la grue
De ses cris vigilants fait retentir la nue :
Mords la terre au printemps ; fatigue-la l'été ;
Notre sueur féconde et fait grandir le blé.

Avril s'embaumera pour toi de fleurs nouvelles ;
Juillet, d'épis serrés, enflera tes javelles ;
Puis la vigne et ses fruits inonderont tes champs :

Tes enfants seront gais ; tes serviteurs, contents ;
Ta femme, heureuse ; et toi, tu sauras qu'une bûche
Autant qu'un paresseux pourrait emplir ta huche.

   Mars 1866.

L'HOMME ÉNERGIQUE.

Chopin n'est pas, au fond, si faible que l'on pense ;
Seulement jugeons-le selon deux petits cas :
Si le vice qu'il a, le dompte avec aisance,
Il triomphe aisément du vice qu'il n'a pas.

A L'AUDIENCE.

Un président qui savait rire,
Et même mordre finement,
Reprit, un jour, fort dextrement
Tel braillard en train de médire :
— « Vrai Dieu ! monsieur le Président,
Criait le Cicéron colère,
Il n'est pas d'homme sur la terre
Plus transacteur que mon client,
Plus aigre que notre adversaire.
Cherchez (ce sera vainement)
Un esprit plus atrabilaire,
Plus vain, plus sot, un caractère
Plus ennemi des procédés,
Plus indiscret, plus téméraire !
Soyons-nous du ciel foudroyés·
S'il n'est le plus brutal de France ! — »
Sur quoi le Président : — « Silence !
Maître André, vous vous oubliez. »

Avril 1872.

UN CONSULTANT.

Certain préfet reçoit, un jour, ceci :
Moi, Tirecuir Jérôme, votre édile,
On m'a traité, ce matin, d'imbécile ;
Que faites-vous lorsqu'on vous traite ainsi ?

LA RETRAITE OFFICIELLE.

Lorsque l'on a vécu le plus beau de sa vie,
Qu'on n'a plus devant soi que langueur, maladie,
Regrets, tristes loisirs, que faire de son temps?
Cultiver ses rosiers aux souffles du printemps;
L'été, dormir au frais; savourer, en automne,
Mille fruits délicats qu'août ou septembre donne,
Et plus tard, au feu clair d'un hêtre pétillant
Orner maint souvenir d'un vers encor riant!...
Cela se peut de qui (par un enclos fertile
Et sa muse) est cousin d'Horace et de Virgile :
Mais que fera celui qui n'a pas de jardin,
Point de verger, de muse, et qui, soir et matin,
Piétine en son logis le regard creux, l'air blême,
Et faisant peur aux siens, mais surtout à lui-même ?
Que fera, quand il est au loisir condamné,
Vers soixante-dix ans, le grave infortuné
Qui vécut de pouvoir et qui n'a plus, en somme,
Qu'à promener le deuil de ce qui fut un homme ?
Quand Mazarin, malade et ne pouvant guérir,
Sur de soyeux tapis achevait de mourir,
L'œil fiévreux, mais bien moins que ne l'était son âme,
Le teint mat, cependant fardé comme une femme,
Quelqu'un qui le voyait ainsi (quelque aigre-fin),
Dit : — « Il me semble voir feu monsieur Mazarin... »

Cet homme avait raison; le moribond sinistre
N'était plus qu'à moitié l'ombre d'un vieux ministre;
Et comme lui périt vivant, mais raturé,
Quiconque n'est plus homme avant d'être enterré.

Voulez-vous prévenir un sort si funéraire?
Suez, devenez grand pour être un dignitaire...
Faites-vous sénateur, maréchal, même, hélas!
Ministre; vous mourrez, vous ne vieillirez pas.
La retraite, en ce point, n'est plus votre ennemie,
Et vos jours filent d'or comme à l'Académie.
Heureux qui peut monter à de si hauts destins!
Mais il y faut un rare esprit, de fortes mains :
Avoir fait des chefs-d'œuvre, emporté des murailles,
Fait trembler la révolte ou gagné des batailles.
Toi, tu ne fus qu'un probe et docte magistrat,
C'est bien; mais tu fis moins, attends moins de l'État.
Je le sais, tu n'es pas sans sève, et la justice
N'a pas un combattant meilleur dans sa milice;
Un plus jeune fera moins bien ton dur métier;
Mais quoi! la loi le veut, on barre ton sentier.
S'il le faut, songes-y; combien te porte envie
L'ouvrier dont le bras ne peut nourrir la vie;
Que le choc d'une poutre, une chute, à trente ans,
Brise, en frappant en lui sa femme et quatre enfants,
Comme, en un coup de vent, quand s'est rompu le chêne,
Avec lui branche et fruit sentent sécher leur veine;

Ou comme, en chaque grain, meurt sans avoir mûri,
L'épi que, dans sa tige, un orage a meurtri !...
Non... C'est trop, ce tableau dépasse la matière ;
Muse, détendez-vous et restez familière.

Rappelons-nous le temps de nos premiers amours :
Friponne, vous riez... Ah ! c'étaient d'heureux jours !
Je n'étais qu'un bambin, je sortais du collége ;
Je chantais cependant, muse, en votre solfége :
Depuis, vous eûtes beau rire et m'ouvrir vos bras,
Rustre, je vous disais : « Je ne vous connais pas ! »
J'eus tort, et, trop longtemps ; vous savez mon excuse,
Ne m'en boudez pas trop ; je vous reviens, ma muse.
Donc, en mes jeunes ans, quand je vous fis ma cour,
J'habitais, près des vals fleuris du frais Adour,
Bagnères, coin charmant, douce et pimpante ville.
Là, le Dieu qui nous fit le *Barbier de Séville,*
Othello, la Gazza, Moïse, Cendrillon,
Guillaume Tell, vivait serf de Trimalcion.
Plus de chants ; Rossini, paré d'une casquette,
Assez nonchalamment promenait sa jacquette,
Et d'un large veston l'ampleur et le basin,
Tout le jour, au marché du beurre et du raisin ;
Là, s'étalaient autour des grappes transparentes
Pêches, figues, citrons, fillettes sémillantes ;
Et lui, comme la grive, ou le merle éveillé
Qui, dans d'épais vergers, sait où poser le pied,

Butinait, en passant, grapillon, gai sourire,
Mot leste ; et, du marché, se faisait le Tityre,
Le lazzarone et le loustic et le héros...
Il savait, on le voit, amuser son repos...

Depuis trente ans passés, j'en ai bonne mémoire,
Cet illustre, à flâner sans trêve, met sa gloire :
Il ne s'en lasse pas ; muser est son bonheur ;
Plus d'autres s'ennuiraient, plus il devient rieur :
Un jour qu'un financier retiré des affaires,
Vrai rentier, tout meurtri de ses heures légères,
Entrait dans le salon de ce plus fin des fous :
— « Cher confrère, salut ! dit l'hôte, asseyez-vous...
Ici... Plus près de moi, confrère... » Et l'honnête homme
L'ex-banquier ébloui, de bien s'enquérir comme
Apollon le traitait de confrère aujourd'hui.
Ce n'était pas qu'il fût illustre comme lui :
La banque n'avait pas fait rayonner sa tête
Du nimbe qui planait sur le mæstro-poète...
— « Comment ! dit Rossini... monsieur, de bonne foi,
N'êtes-vous pas un franc désœuvré comme moi ?
Or, depuis trente et plus que j'aime à ne rien faire,
Tout paresseux m'est cher, je l'appelle un confrère. »
Voilà parler ! heureux si, perdant son emploi,
Chantre, l'homme public paressait comme toi !
Heureux si les travaux, que pleure sa mémoire,
Le berçaient, comme toi, dans les bras de la gloire !...

Mais pour toi, paresser, ce n'est que mieux jouir.
Et, pour lui, ce n'est pas survivre, c'est mourir.

Avril 1867.

UN POÈTE ÉCHANTILLON.

Faust le poète est si sec, si verni ;
Il est si lourd d'émail, et d'or bruni ;
Sa rime tinte avec tant d'impuissance :
Faust est si vide en paraissant bouffi,
Il est si plein de futile science ;
Depuis longtemps il s'est tellement ri
De méditer la plus mince alliance,
Entre le cœur, l'idée et la cadence ;
Ce rimeur vague a si peu de souci
(Pour être vrai) de cesser d'être ainsi ;
Qu'à ce mignon, j'ose dire ceci :
Vous êtes, Faust, un Phébus de fayence.

Mai 1872.

L'ADRESSE DE JEANNE.

Jeanne très-congrûment loge ses amourettes ;
De deux godelureaux elle a su faire un tri :
Le premier s'est chargé du total de ses dettes,
Le second, du total des dettes du mari.

WATERLOO.

> « Ès faits de guerre, chutes illustres
> valent exploits.
>
> « HENRI V d'Angl. »

C'était donc lorsque juin, contre nous irrité,
Pour adieu, nous jetait l'aube d'un sombre été ;
Quand Anglais et Teutons s'inoculant leurs rages,
Des peuples déchaînés méditaient les carnages.

Lorsque le *Duc-de-Fer* conduisant tant d'orages
Contre notre Annibal, ce rebelle indompté,
Sur l'opprobre de qui l'on avait trop compté,
Au bronze des canons commandait leurs ravages.

Que d'acier ! que de feux ! combien de chocs ! quels coups ;
Quels morts ! combien de sang ! dans ce fier rendez-vous
Où la France étincelle, où l'Europe se rue !...

Oui, que de grands assauts frustrés par le destin !
Que d'espoirs ! que d'erreurs ! quels soupirs, lorsqu'enfin
L'Empire doit tomber, car la Garde est vaincue !

Juin 1869.

LE BOURGEOIS MODERNE.

Le bourgeois français fut mutin ;
Aujourd'hui, plein de patience,
Il craint tout : chassepot, potence ;
C'est de la chair à Jacobin.

VERS LES PYRÉNÉES.

A Madame A. C. de R. F.

« O neiges, ô torrents, elle va vous visiter...
Ne la retenez pas ! » (SCHILLER.)

Bientôt, lorsque essayant la pente,
Des grands monts, coupés d'antres verts,
Près des rocs où la chèvre errante,
Des gaves sourds, boit les flots clairs ;
Quand, dis-je, dans le bleu des airs,
Vous verrez le beau ciel d'Espagne,
Alors, sylphe de la montagne
Aux pieds d'abeille, aux frêles mains,
A l'œil plein de rayons d'aurore,
Aux éclairs doux et souverains
Dont le feu caresse et dévore ;
Alors, front charmant que décore
Un réseau soyeux et vermeil
De cheveux tramés de soleil,
Alors, peut-être, une tristesse
Intime, agitera ce sein,
Ce sein qui couve une tendresse,
Ce sein qu'une tremblante main
Voudrait presser avec ivresse,
En dût-elle sécher demain.
Alors, alors, mignon lutin,

Que murmurera, demi-close,
Votre lèvre fine, et plus rose
Que le bouton de l'églantier ?
Oh ! quand vous suivrez le sentier
Qu'entrouvrit le pâtre sauvage,
Quand vous courrez au caquetage
De l'oiseau fouillant le hallier ;
Quand la nuit viendra déployer
Et sa fraîcheur et ses étoiles
Sur vos bras étendus, sans voiles,
En du lin blanc, sur du noyer ;
Alors, dans ce repos suprême
Où le ciel enchanté nous sème
A flots, les songes parfumés,
Pensez, oh ! j'y consens moi-même,
Pensez à tel que vous aimez...
Mais n'oubliez pas qui vous aime !

Juillet 1872.

POUR UN ÉVENTAIL-ALBUM.

Frais éventail, murmure à celle
Qui te frôle en ses doigts jolis :
« Que l'on dit qu'elle est mieux que belle. »
Si cela plaît, ouvre ton aile ;
Si j'ai déplu, ferme tes plis.

UN FILS DE NARCISSE.

Si Vercello, qui nous fit son portrait
Déjà viril, d'une touche coquette,
N'eût su jamais que changer la toilette
De son visage, à la longue, indiscret ;
Nous le montrant aujourd'hui guilleret,
Tel autre jour, sombre comme un prophète ;
Une autre fois, comme en un cabaret,
Tout flamboyant d'une vineuse fête,
Ou bien pâli comme un mort qu'on s'apprête
A voiturer, sans faute, en son caveau ;
Vanterions-nous autant son grand pinceau ?
De son côté, si Sanzio lui-même
Se fût lié par cet étroit système
A n'exprimer que son galbe serein,
En moine, en turc, en empereur romain,
Au lieu de nous offrir sa Fornarine,
L'enfant Jésus à la lèvre divine,
Ou bien sa mère au mystique regard,
Ou tel apôtre blond, tel doux vieillard
Tout imbibé du ciel de Palestine,
Le Sanzio serait-il, par hasard,
Pour n'avoir peint que lui, le dieu de l'art ?
Or, que fais-tu, dis-moi, beau-fils poète,
Quand tu soutiens qu'il faut rester en soi

Pour nous charmer; et, qu'un docte interprète
Du nouveau rhythme, étend surtout son moi?
Car, d'après ce, tu te fais une loi
De nous montrer, sans merci, ta dégaine
Tantôt piteuse et tantôt surhumaine;
De déplorer le trop rapide affront
Dont tes émois ont fait blanchir ton front;
Combien chez toi les loisirs ont pris place;
Si tu souris, si tu fais la grimace,
Si ton tailleur coupa bien ton gilet,
Si ton pied souffre ou si c'est ton mollet,
Si ta cuisine est maigre ou plantureuse,
Si ta nuit fut chaste ou voluptueuse;
Combien de dents poussent chez ton marmot,
S'il aime mieux ta chatte ou son pierrot;
Telle est ta muse, on ne le sait que trop :
Mais, cher Mignon, pendant que tu m'informes
Dévotement, de tout ce qui te peint,
Debout, couché, gai, fulgurant, éteint,
Moi je me ris du projet que tu formes
De m'agréer; car tes mille façons
De m'étaler peau, poil, loque, écussons,
Te rendent laid, crois-m'en, sous mille formes.

Mai 1872.

LE PARLEMENT DE TOULOUSE.

Quand le juge pouvait, selon sa fantaisie,
Vous faire ou bien rôtir, ou bien écarteler,
Ou vous mettre à la corde, ou vous faire râler
Tout sanglant sur la roue, une abjecte agonie,
Il était un dicton qui savait signaler
Tel ou tel Parlement : Paris était justice ;
Toulouse était rigueur ; Bordeaux et son (¹) complice
Rouen, faisaient chérir leur franche humanité.
— Dites-m'en le pourquoi ? — Je crois, sans vanité,
Le pouvoir, si je veux ; mais est-ce nécessaire ?
Un pédant, sur ce point, saura vous satisfaire :
Je ne suis qu'un conteur sommaire, mais certain ;
Quand je dis ce fut hier, n'entendez pas demain ;
Le vrai qu'on peut citer, le vrai seul fait ma gloire :
Écoutez ce qui suit, mon conte est de l'histoire.

Il était, une fois, un drôle bien planté,
Haut de taille et muni d'une épaule fort large ;
Vigoureux à la pique et robuste à la targe,
Qui plut au roi François et dont Sa Majesté
Put voir que le courage égalait la fierté,
Tant qu'il put batailler pour sa noble couronne.

(¹) Le Parlement.

Par malheur, de la paix voilà le glas qui sonne,
Combaire est mis à pied, je veux dire au rancart.
Que peut faire un routier dans cet abîme, car
Qui ne sait qu'un routier n'a de haute lippée
Ou même un peu de pain, qu'au fil de son épée ?
Combaire était soldat, il se fait chenapan.
Son nom le sert d'ailleurs, et bientôt tout un clan
De bandits bien trempés s'en fit un capitaine.
Ce monde, on le comprend, commit mainte fredaine :
Il vola, saccagea, brûla, même égorgea,
Tant et si bien qu'en somme on y mit le holà !
Combaire fut saisi, puis clos en maison sûre
A Toulouse, où se fit, au trot, sa procédure.
Pourtant le Parlement terrible, fut très-doux ;
Ce jugeur sans pitié, cette fois, fut jaloux
De montrer qu'il avait certaine souvenance
Des grands jours où Combaire avait pour lui la France.
Le Président l'appelle et, d'un ton paternel :
— « Combaire, lui dit-il, votre dossier est tel
Que vous mériteriez la peine la plus dure ;
Mais la Cour, pour vous seul, y veut plus de mesure ;
Jadis, vous fites voir une intrépidité
Rare, en faveur du Roi ; la Cour, en sa bonté,
S'en souvient et prétend (sa clémence est honnête)
Ne réclamer de vous rien de plus que la tête... »
— « La tête ! fit Combaire, et sans elle combien,
Sandis ! vaut le surplus ; le voulez-vous pour rien,

Messieurs ?... » Ce trop de sens, fâcha la seigneurie,
Et Combaïre éprouva soudain sa barbarie.
— Comment ? — Elle le fit mettre en quatre quartiers.
Je vous reconnais là, funèbres justiciers !
Cet homme avait du cœur, et, si près du supplice,
Railler, semblait chez lui, bien plus vertu que vice.

Août 1873.

MÈRE ET FILLE

Certaine maman guillerette,
A quarante ans bien révolus,
Rose encor et surtout coquette,
Disait, un jour, à sa fillette
Pâle, et comptant seize ans au plus :
— Que donnerais-tu, mignonette,
Pous être d'un coup de baguette,
Aussi fraiche que tu me voi ?
— Moi ! fit la pensionnaire,
Ah ! j'offrirais — je suis sincère —
Ce que vous donneriez, ma mère,
Pour être aussi jeune que moi.

Juin 1872.

4

DÉDAIN.

Les chaumes ont leur teinte et les prés sont en fleurs,
Les geais, dans les taillis, jasent leur allégresse,
Un vent frais et subtil, léchant avec ivresse
Les buissons parfumés, en sème les senteurs.

L'aurore exhale aussi des brises, des saveurs :
Mais si l'aquilon dur, si le verglas oppresse
La rose ou les jasmins qu'un ciel clément délaisse,
Ainsi l'amour déçu périt par les rigueurs.

Or, avec les buissons refleuriront les roses,
Les neiges de l'hiver seront de vieilles choses
      Quand le printemps reverdira ;

Les geais, dans les taillis, rediront leur murmure,
Mais refoulé, meurtri, piétiné sous l'injure,
      Jamais l'amour ne renaîtra.

        Mars 1874.

L'EXCUSE.

Tu dis : J'ai fait une bêtise,
Je vais l'excuser au plus tôt :
— L'excuser ? Silence ! il le faut ;
Car excuser une sottise,
C'est se montrer encor plus sot.

FRAGILITÉ.

O mer! nous effleurions les plis de ton rivage
Et sur tes sables fins, nos chiffres enlacés
(Comme en un fauve écrin les rubis sont fixés)
Étaient, de nos deux cœurs liés, la tendre image.

O mer! l'orage vint déferler sur ta plage
Tes flots tumultueux, l'un sur l'autre poussés,
Et nos symboles doux, vers le gouffre chassés,
Fuirent comme fuyait, loin d'eux, l'onde sauvage.

O mer! le croirais-tu? cet éternel désir,
Cette aube de nos jours, ce rayon de notre âme,
Qui ne devait jamais décroître ou s'obscurcir;

Ces rêves adorés, ces nœuds empreints de flamme,
Dont ton lit ténébreux garde le souvenir,
Plutôt que leur rapide et frêle emblême, ont pu finir!

Décembre 1873.

TROUVAILLE.

Cherchant, un jour, sur les plis de la mer,
Après ce calme frais qui suit l'orage,
De-ci, de-là, tel nouveau coquillage,
J'en rencontre un, jeté par le flot clair,
Perle au dedans; devinez s'il m'est cher!

SEIZE ANS.

Comme une vapeur tendre, en un matin vermeil,
Étend son fin réseau sur le front du soleil,
Lorsqu'il échappe à l'ombre et monte vers l'étoile ;
De même, à son front pur ses cheveux font un voile

A l'or fauve, à la soie, aux froments blonds, pareil.
Puis, son grand œil baissé retient en sa paupière
Je ne sais quel rayon de furtive lumière,
Tremblant comme un regard de l'aube à son réveil.

Sous la fraîcheur des bois où son bouton repose,
En sa verte mantille, on voit dormir la rose
          En attendant le jour :

Ainsi, dans sa primeur, germe à seize ans comme elle,
Ainsi près d'éclater fleuronne et dort Gisèle,
     En attendant l'amour.
          Décembre 1873.

     A ma jeune nièce MARTHE MALACRIDA.

Marthe, laissez-moi vous le dire :
J'aime cet œil noir, doux, ardent,
Qui caresse en nous regardant ;
Mais votre lèvre, cependant,
Sévère, paraît interdire
Tout essai de propos galant...
Non ; elle retient un sourire.

INQUIÉTUDE.

Quand més yeux, le matin, contemplent ta beauté,
Que je meure, si l'astre, aux blonds reflets, qui dore
En ses roses blancheurs, l'humide et tendre aurore,
Ne me semble moins pur que ta fraîche clarté !

Que si, durant la nuit, j'entrevois ta figure,
O Dieu, pardonnez-moi ! Jamais le front des cieux
Lorsque vesper y luit, chaste et silencieux,
N'eut des regards plus doux ; jamais la voûte obscure

Ne vit poindre en ses plis rayon plus gracieux...
En ton sein, quels pensers discrets, mystérieux !
Quand ta lèvre s'entrouvre, oh ! le divin sourire !

Oh ! qu'alors ton œil brûle, et combien, dans ta voix,
De murmures charmants s'exhalent à la fois !
Mais le mot que j'attends, quand voudras-tu le dire ?

Juin 1872.

L'AMOUREUX.

Un baiser, un baiser encore !
Je ne peux me rassasier ;
Et puis, un souffle de l'aurore
Sur ma lèvre a pris ton dernier.

MIRAGES.

L'enfant naît pour mourir, le chêne pour tomber :
Qui résiste aux méfaits dont le Temps nous accable ?
L'homme qui vit le plus, n'est qu'un lent misérable ;
Son cœur, comme un fétu touché d'un grain de sable,
Tremblant au moindre choc, ne sait que succomber.

Notre vie est un rêve insurmontable, immense,
Qui fuit comme un torrent versé par le coteau.
L'homme est un passager dormant sur un vaisseau
Qu'emportent, loin des siens, le vent mobile et l'eau ;
Dormeur qui, les yeux clos, vers les écueils s'avance.

Quelle rose atteignit le siècle de dix jours ?
Et même, avant sa fin, cette fleur souveraine,
Dont le parfum déserte une corolle vaine,
Qu'est-elle qu'un débris, qu'une cendre prochaine,
Inerte sous la brise et mépris des amours ?

Comme elle, notre vie, à peine éclose, avorte.
Notre aube en sa rougeur voit flotter son point noir :
On le nie, on chérit son erreur ; frêle espoir !
Tout ce qui fut matin, bientôt devient le soir ;
Ce qu'apporta le jour, soudain la nuit l'emporte

Homme, comment prétendre un bonheur éternel ?
S'il ne te fuyait pas, tu le fuirais toi-même.

Vous êtes, l'un et l'autre, un grain que le vent sème ;
Vous êtes, l'un pour l'autre, un triste et long problème :
Bonheur, on te dit ombre ; homme, on te sait mortel !

  Janvier 1874.

AMOUR ET SOLITUDE.

D'après Pétrarque.

    « Solo e pensoso »

Seul et songeur, dédaigneux des chemins,
J'erre, à pas lents, sur les pentes désertes,
Et je ne tiens mes paupières ouvertes
Que pour vous fuir, ô vestiges humains.

Car, on ne peut qu'aux refuges lointains,
Gens curieux, vous échapper ; et, certes,
Lorsqu'un grand deuil filtre en nos sens inertes,
L'amour, en nous, mit des feux intestins.

Aussi, combien ce monde que j'oublie,
Sur moi se trompe et connaît peu ma vie,
Que vous, torrents, forêts, savez si bien !

Quant à l'amour, combien il est habile
A me trouver dans le plus âpre asile,
Pour m'infliger quelque intime entretien !

  Mai 1872.

RIEUNEL.

A mon frère Louis, capitaine d'infanterie, en Crimée.

Certain jour que j'allais — rêveur outré — sans but,
De *Théas* [1] à *Rieunel*, de Rieunel à *Salut*,
Le matin, par le frais, quand la rosée encore
Résiste au blond soleil dont la teinte décore,
Sans l'offenser, le front des liserons fleuris
Qu'humecte, en chuchottant, sous leurs obscurs abris
Maint filet d'eau courant de la cîme à la plaine ;
Oui, tandis que des prés je respirais l'haleine,
Ce jour-là, j'éprouvai telle distraction
Douce, qui fit en moi germer l'émotion :
Je vis en un sentier, surplombé de verdure,
Un jeune et frais Vivant tout galant de parure,
Ganté, le veston blanc relevé d'une fleur,
Regarder par-dessus la haie avec ferveur ;
Et puis, je l'entendis s'écriant : « Mariette ! »
— Comment ! déjà levé ? répondait la fillette.
— Moqueuse !... Eh ! bien c'est fait, vous voilà donc chez vous ?
Vous n'avez plus, enfin, pour maîtres deux vieux loups ?

---

(1) Villa spacieuse avec bains thermaux, dans la ville de Bagnères ; — *Rieunel*, cottage charmant dans une gorge bocagère ; — *Salut*, établissemeut renommé de bains, où conduisent les plus fraîches avenues.

C'était mon vœu; mon Dieu! belle, que j'en suis aise!
— Bon! Je l'ai fait peut-être afin que je vous plaise;
Mais qui donc vous instruit? — Je n'en sais rien; je crois
Que cela m'est venu hier, par-dessus les toits :
Et, sur ce, Mariette étendait, non sans grâce
A la brise, en chantant, tantôt vers telle place
Et tantôt vers telle autre (ou pelouse ou rocher)
Un linge humide et blanc qu'il lui fallait sécher.
Enfin, le jouvenceau qui la regardait faire,
Tirant de son cigarre une vapeur légère :
— « Mignonne, disait-il, convenez que ce soir
Si vous étiez meilleure, il ferait beau se voir!...
— « Vraiment? fit la soubrette en débordant de rire,
Vous tairez-vous?... » — Et lors, m'évadant sans mot dire,
Ces deux enfants, pensai-je, en sont à leurs beaux jours;
Soyons discret, glissons, respectons leurs amours.
Est-il rien de charmant que la tendre allégresse
Du cœur, n'ajoute encore au front de la jeunesse?
Je fus comme l'un d'eux; qui me rendra le temps,
Ce temps doux et vermeil où j'atteignais vingt ans!
Je fis donc quelques pas et vis dans la poussière
Un papillon blessé qui s'agitait par terre :
Il rampait, il boîtait, lui, cette fleur de l'air!
Ciel! avoir été sylphe et n'être plus qu'un ver!
Mariette la brune, et la folle, et la belle,
Craignez l'adroit chasseur et préservez votre aile!
Et comme j'approchais vers le site enchanté,

Qu'enrichit de feuillage un clair rayon d'été,
Je vis, au val ombreux de Rieunel, mainte chose
Dont un regard rôdeur s'égaye et s'indispose;
Que sais-je ? Quelques bœufs qui s'en vont pâturer
Sous tel bois où le chien dort tout près du berger,
Au son du clochetin qui sur la bête tinte;
Ou, c'est un geai criard qui jette aux airs sa plainte
De ce que, lorsqu'il boit au frais, le promeneur
Affole l'oiseau fauve et trouble son bonheur :
Ou bien, sur le ruisseau qu'il fuit et qui murmure,
On voit se balancer la fragile ramure
De l'aulne que le cours de l'eau fait palpiter;
Ou c'est un caillou large où s'en vient s'abriter,
Avant qu'elle soit perle, une ablète furtive;
Et même j'ai compté, serpentant sur la rive,
Plus d'un frêne écorcé qu'un envieux coquin
Vint attaquer, dans l'ombre, ainsi qu'un assassin,
Tel peuplier, tel hêtre au plantureux ombrage,
Chez qui le malfaiteur eut le honteux courage
D'enfoncer tant de clous, pour le crucifier,
Que je voudrais, je crois, être le justicier
Dur et sans nul merci, de cette main coupable.
Enfin, te voilà donc, débris trop déplorable
De cet autel de marbre en tes flancs érigé,
Source du frais Rieunel qu'un vers peu mitigé
De Parny, couronna d'un nimbe poétique!
Un ingrat possesseur, à t'oublier s'applique;

Eh! bien donc, plus d'hommage, et soupirons de voir
Chez un inculte maître, un si coquet manoir.
Jadis, en tes grands jours, source en romans féconde,
Ma mère, il t'en souvient peut-être, vers ton onde
Laissa choir, de son bras charmant, un bracelet
— De cheveux enlacés, et, tordus en filet, —
Fermé d'un bleu saphir enceint de perles blanches :
Au logis, en ôtant la gaze de ses manches
Elle connut sa perte ; ô saphir ! ô cheveux !
Que vous fîtes rouler de larmes dans ses yeux !
Et comment retrouver en l'épaisseur de l'ombre
Ce que cache un feuillage, une herbe, un cailloux sombre
Mon père part, il rase, il sonde pas à pas
Route, ruelle, allée où, sa femme à son bras,
Il vient de respirer le frais dans la nuit chaude.
Son œil étincelant seconde sa maraude :
O rencontre!... à Rieunel je ne sais quel rayon
De lune fait briller le bracelet mignon.
Mon père en fut-il fou de bonheur ? je l'ignore
Mais son cœur en battait à soixante ans encore...
N'ai-je pas dit tantôt que, sans qu'il m'en déplut,
Mais sans plan, je flânais de Théas à Salut ?
M'y voici ; me baigner en son eau tiède et claire,
Ou la boire, en dévôt, ce n'est point mon affaire :
Je n'en ai qu'une seule, amuser ce lutin,
— Ma muse, — qu'un caprice a mordu ce matin.
Je la ramène en ville, à travers l'avenue

En feuillages touffus si largement pourvue.
Je lui fais éviter l'omnibus, les chevaux
Fringants, le mendiant, vingt chaises à rideaux,
Et l'enferme en ma chambre, où je porte à sa lèvre
Comme dans son enfance, un tiède lait de chèvre
Au sucre, assaisonné d'un semblant de citron.
Mon frère, essayes-en; je te l'affirme bon :
La chèvre, tu la pus retrouver en Crimée
Quand tu la visitas, ainsi que notre armée,
La fierté dans le cœur, et ton sabre en ta main,
Au nom d'un peuple grand qu'on disait souverain :
Mais, au milieu du givre, au sein de la mitraille,
Bivaquant sur la neige, ou sur un peu de paille,
— Quand je priais le ciel que l'obus t'épargnât, —
Que de fois, dans le songe agité du soldat,
Tu surpris, tu goûtas l'illusion chérie,
D'entrevoir le Bigorre absent, notre patrie !

Juillet 1872.

NOTRE GOUT

Du français, c'est le caractère
De courir sus à tout emploi ;
Femme en couche, accouche de quoi?
— D'une fille ou d'un fonctionnaire.

LE JEUNE HOMME.

Le voilà, l'œil fiévreux, sur son char se tordant
Pour vaincre ses coursiers emportés dans l'arène,
Le généreux cocher; il sue et perd sa peine,
La longe casse, et fuit de son bras frémissant :

Ainsi va le jeune homme, à son tour, impuissant
Contre l'ardent amour qui vient troubler sa veine;
Contre le jeu, la rixe et tout ce qui l'entraîne,
De cahot en cahot, vers le gouffre béant.

Dans l'océan de l'air, certes, la plume agile
Aura peine à trouver un aplomb difficile ;
Certes, le sol uni cache mal le serpent,

Et le vaisseau fend peu la mer contre le vent;
Mais le jeune homme, ô ciel ! qu'il coure ou qu'il louvoye,
De grâce, admirez-le s'il peut frayer sa voie.

Mars 1866.

SUR MARC.

Que dites-vous de Marc? — Hélas ! je n'en dis rien ;
Marc tout-puissant me guette et m'astreint au silence.
Je ne puis, sans danger, dire ce que j'en pense ;
Ni dire, sans mentir, que j'en pense du bien.

FAUSSE BIENFAISANCE.

Es-tu mon bienfaiteur quand tu me rends mon bien?
Quand tu ne m'ôtes pas ce qui doit être mien?
Appelles-tu bienfait ce qui n'est que justice?
Ou, générosité, quelque erreur d'avarice?

Pour lui, mais pour lui seul, le généreux n'a rien :
Vois l'oranger : sa fleur abrite en son calice
Un suc exquis; étends ta main, ce suc est tien.
Combien l'arbre opulent nous est encor propice !

Sa feuille en frais parfums s'exhale au sein de l'eau,
Tu t'abreuves du fruit, tu récoltes sa peau.
Son bois devient brasier pour égayer ton âtre.

La générosité n'a rien d'une marâtre :
Riche avare, sais-tu quel homme malveillant
Te diffame? Eh bien! c'est le pauvre bienfaisant.

       Mars 1866.

LE PARASITE.

On le conteste, et je l'assure
Non pour railler, mais tout de bon :
Partout où l'abeille pâture,
Partout où la ruche murmure,
Là, vous rencontrez le frélon.

TRAITÉ NOCTURNE.

Certain marchand fut doté d'une femme
Revêche, avare, aimant fort le sermon,
La messe aussi ; bref, un pieux démon
Que son mari, pour la paix de son âme,
Eût mise en terre à triple carillon.
Or, un beau soir que notre maquignon,
Je dis marchand, revenant de la foire
Rentrait au gîte, il vit (s'il faut l'en croire),
Il vit, de près, un singulier mignon :
C'était, non pas Quélus ou Maugiron,
Ou tel Muguet du temps de Catherine,
Pincé de taille et tout fringant de mine ;
La fraise au cou, la plume à son chapeau,
Parfums partout en galant damoiseau ;
Front provoquant et lèvre purpurine
Et dague prête à sortir du fourreau,
Quoique, au besoin, dangereux tourtereau ;
Non, le mignon qui vint frôler notre homme,
A la nuit close, était tout autrement :
Ce fut, d'abord, un nain, presque un atôme ;
Et puis, et puis, sans qu'on sût bien comment,
L'obscur nabot, d'humble, devint géant ;
Puis, de géant, il se montra tout comme
Nous sommes tous, lecteur, communément ;

Expliquons-nous : Je le dis seulement
Pour le volume et non pour l'encolure ;
Car, le fantasque avait telle tournure,
Tel pied fourchu, tel regard de serpent;
Dans son gosier, tel timbre et tel accent,
Et sur son dos tels crins, telle fourrure,
Que je n'en puis parler qu'en frissonnant;
Encor, de loin, vous le peins-je aisément ;
Mais, qu'eût-ce été que de le voir lui-même ?
L'épais marchand en devint plus que blême.
« Holà ! dit l'autre, arrête et réponds-moi :
« Je veux un bien qui n'appartient qu'à toi;
« Morceau friand pour quelqu'un de ma sorte,
« Vrai pain bénit, délicat à croquer...
« J'y tiens... et sais comment on se comporte;
« Je ne suis ladre et prétends te montrer
« De quoi te plaire... ou, le bon Dieu m'emporte ! »
Un moribond qu'un confesseur exhorte
A bien finir, pour laver ses péchés;
Oiseaux de nuit, surpris et dénichés ;
Leste souris par un chat attrapée,
Dont le gourmand doit faire sa lippée,
Mais qui se plaît à la faire danser
Tant bien que mal, avant de la trousser,
N'ont pas connu de peur plus effroyable
Que le marchand, invité par le diable
(C'était lui-même) à lui donner le bras.

Mais résister, il ne le pouvait pas,
Il était pris : Emboîtant donc son hôte
En pot de grès qu'un pot de fer cahote,
Il fait vingt pas, puis trente, et puis deux cents,
Puis mille ; et puis, au fond d'une carrière,
Mélange d'ombre et de fausse lumière,
Des feux follets, en cercle, éblouissants,
Montrent trésors l'un sur l'autre gisants :
Ce n'étaient point valeurs de portefeuille,
Emprunts du pape, emprunts italiens,
Bons ottomans ou même autrichiens ;
Non, mais c'était ce que Rotschild recueille :
Lingots massifs d'or du meilleur aloi,
Chaînes, colliers, bijoux dignes d'un roi ;
Et, dans le creux d'immenses galeries,
Tonnes d'argent, fumiers de pierreries ;
Ce que la mer (depuis qu'il est des mers)
Sait attirer dans ses gouffres pervers ;
Trésors gagnés ou perdus par le crime,
Et de Satan conquête légitime.
— « Tu vois ma caisse, hé bien ! prends ; sur ma foi,
« Dit Belzébuth, cette caisse est à toi :
« Oui, cet amas d'argent, de fines pierres,
« Ces besans d'or, sont ton lot désormais,
« Epuise-les ; mais, à ton tour, promets
« De n'être pas de bronze à mes prières :
« J'en perds le sens depuis trois nuits entières,

« Je veux ta femme... — Quoi? — Chut!... entre nous...—
« — Je ne dis pas; mais la connaissez-vous!
« Elle est... — Tais-toi! — Vous m'en ferez reproche.
« — Dis oui, consens, puis viens remplir ta poche
« De ces bibus, je n'y prétends plus rien.
« — Vous le voulez? Je n'en aurai nul blâme?
« Soit donc, seigneur; prenez, mais tenez bien,
« Surtout gardez celle qui fut ma femme,
« Ne la rendez que si je la réclame :
« Sur ce... salut... merci... Quelle faveur!
« Me la payer si bien, quand, de grand cœur,
« Moi, si gratis vous l'aviez demandée,
« Gratuitement je vous l'aurais cédée... »

.   .   .   .

Vendre sa femme au diable !.. oh! le maudit!
Et qu'il eut tort, s'il ne s'en repentit!

Avril 1866.

ÉPITAPHE VÉRIDIQUE.

Ci gît, se croyant mort, un grave et doux chrétien,
Tout nerf, mangeant, buvant, et se portant fort bien.

A PINDARE.

Quand de Pise, vaincu, rentre le jeune athlète,
Dans l'ombre du foyer il cache sa défaite ;
Sa langue balbutie et ne fait qu'en tremblant
De ses espoirs trompés le récit accablant.

Mais combien le vainqueur sent son âme agrandie!...
De son débile aïeul il ranime la vie ;
Il le redresse encor sur ses jarrets fiévreux
Au martial tableau de ses coups généreux.

C'est que tes chants sacrés, ô poète sublime,
De l'un feront un dieu, de l'autre une victime
Que la nuit de l'oubli ne saurait engloutir ;

C'est que, pour toi, leur race, au tombeau descendue,
Sentira, jusqu'au sein de leur cendre éperdue,
La gloire rayonner, ou le mépris jaillir !

Juillet 1866.

LE TYRAN.

Bourgeois criant : A bas la messe !
A bas le roi ! point de tyran !
Sais-tu bien quel est le plus grand
De tes tyrans ? C'est ta faiblesse.

LUI.

Paris était grondant, tout comme un cabaret
Lorsqu'un buveur méchant, armé d'un tabouret,
Et d'un bras bien musclé, fait pleuvoir sur les tables,
Parmi les brocs meurtris, des chocs épouvantables,
Et que, chiens et valets, qu'avertit le fracas,
Aux clameurs du patron sonnent leur branle-bas :
Oui, c'est bien là Paris, sitôt que sa canaille
Rêve quelque saccage, après quelque ripaille ;
L'omnipotent Paris, quand l'immonde voyou
Que pousse le frac noir, déborde en casse-cou.
Gare donc !... Mais alors on avait une tête,
Un bras fort, pour régler le menu de la fête :
Vingt régiments debout, aux carrefours placés,
De solides canons, savamment espacés,
Montrant leur gueule énorme et leurs mèches flambantes,
De rapides dragons aux crinières tombantes,
Promenant à cheval leurs sabres bien luisants,
Ces soins (je les abrége) étaient satisfaisants ;
Sans compter, pour surcroît, cette face aguerrie,
Ce front songeur et fier, veillant sur la patrie,
Qui vous disait : « C'est moi qui vous repris Toulon,
« Je suis le siècle, moi ; Bonaparte est mon nom ; »
Héros pâle, monté sur un coursier funèbre.
Le peuple, en le voyant, n'agitait que sa lèvre,

Lorsque vint une femme aux penaillons boueux,
Mais au rable fort gras, comme on le voit aux bœufs
Nourris, parmi les bois, des herbes les plus hautes,
Laquelle dit ceci : « Monsieur aux larges bottes,
« Paris n'attendra plus; le commerce est tari,
« Rien ne va que la faim, le peuple est amaigri ;
« Chez moi tout dépérit, tout coule, tout chancelle...
« — Certes, fit le soldat, ce n'est pas vous, ma belle;
« Non, ma belle (vos traits fleuris m'en sont témoins),
« Si l'on maigrit chez vous, ce n'est pas vous du moins. »
Ce fut tout, car celui qui germait pour l'Empire,
Comme la foudre aux poings, avait le mot pour rire,
Et d'un geste savait — intrépide ou moqueur —
Faire plier la tourbe et trembler le rhéteur.

Décembre 1873.

REMÈDE.

Quand l'ennui me prend et m'enlace,
Veux-tu savoir comment j'efface
L'empreinte de ses doigts pesants?
Je me souviens ou bien j'espère,
Et je vois fondre ma misère
Comme un flot touché des brisants.

CAMOENS.

« Je ne demande rien, et j'espère peu. »
LE TASSE.

« Jeune, je fus heureux ; heureux, je fus poète ;
« L'amour fit ma fortune, et je chantai l'amour.
« Malheureux, à présent, j'existe au jour le jour ;
« Pauvre, à peine ai-je un toit assez grand pour ma tête ;
« Et si, timidement, mon serviteur honnête,
« Antonio, pour payer quatre onces de charbon,
« Me demande trois sous, je lui dois dire : Non,
« Don Louis de Camoëns n'a pas trois sous pour vivre.
« Malheur à qui jeta, sur nous, l'éclat d'un livre !
« La misère le prend pour punir son méfait.
« Illustrer son pays, n'est-ce pas un forfait ? »
Ainsi le disais-tu, poète à la voix fière ;
Et nul ne fut ton aide, à ton heure dernière,
Que ton noir Antonio, ce grand cœur qui savait
Importuner marquis, marchand, bourgeois, valet,
Quêter aux carrefours, quêter le long des rues,
Et revenir, le soir, à toi, les mains pourvues
D'un peu de chair, d'un peu de vin, d'un pain grossier,
Pour prévenir ta mort, non te rassasier ;
Pour ajourner cette heure, à Lisbonne honteuse,
Où tu rendis enfin ta verve généreuse
A Dieu, dans un hospice entr'ouvert à ces gueux

Ineptes, répugnants, qu'on nomme les pailleux.
Et pourtant, ô don Louis, qui servit sa patrie,
Qui la sut mieux chanter que ta muse aguerrie ?
Loin d'elle n'entendant ni vivre, ni mourir,
Tu lui portas tes os qu'elle sut mal cueillir ;
Mais sa vie, à son tour, décroissante et flétrie,
Connut les désespoirs connus de son génie :
Elle vit ses grandeurs fondre en ignominie,
Et souffrit les mépris qu'elle te fit souffrir.

Mars 1872.

A L'ÉGLISE.

Certain carme avait charpenté
Sermon fleuri sur tel apôtre ;
Les maris étaient d'un côté,
Le sexe tendre était de l'autre.
Or, le coin des maris (frondeur),
Faisait si bien que l'orateur
Trébuchait dans son éloquence.
Lors, debout, avec pétulance
Une femme cria ceci :
Nous vous respectons, Dieu merci,
Père, et veuillez observer comme
On se tait de ce côté-ci.
— Tant mieux ! répliqua le saint homme ;
Vous étiez mon plus grand souci.

A MADEMOISELLE MATHILDE D'AVERTON,

Qui m'avait prêté le poème de Mireille.

Par vous, je le connais ce pays où l'olive,
En des champs de cailloux, brunit pour le pressoir,
Où durcit le cheval, où s'attendrit la grive,
Où dans ses clairs étangs piétine son bœuf noir;
Où les froments aigus que le soleil décore
D'ardents coquelicots, semblent vêtus d'aurore...
Et, des mains de la muse, enfin, je l'ai goûté
Ce raisin de la Crau, stimulant et sauvage
Que Mistral sut cueillîr, avec tout son feuillage,
Pour celui dont *le Lac* fut l'immortalité.

La Crau pousse une fleur agreste et virginale,
Une tige d'iris, unique en sa blancheur :
En parfums délicats nulle fleur ne l'égale,
Nulle fleur ne saurait égaler sa fraîcheur !
O Mireille, à l'instant où s'ouvre ton calice,
L'amour est ton bourreau ; ta beauté, ton supplice ;
Tu péris sans pouvoir, de ton bras innocent,
Sur ton sein, consumé d'une tendresse immense,
Presser, comme un époux vers qui ton cœur s'élance,
L'ami des premiers jours, le jeune et beau Vincent.

Et toi, pour elle, ému comme l'avide abeille
Qui s'agite à chercher le suc qui la nourrit

Et qui, trouvant la tige où meurt sa fleur vermeille,
Plutôt que la quitter, avec elle périt,
O généreux Vincent, écoute ton poète :
« L'amour, frêles humains, pour nous est une fête
« Insidieuse, ingrate, obscure, et d'où l'on sort
« (Etonnés et saisis d'une invincible ivresse,
« Le front ceint de la rose ; et le cœur, d'allégresse)
« Par le sentier sordide où nous attend la mort. »

Ecoutez le poète, ô Mathilde, et sa lyre
Qui chante, en des accords sacrés, mélodieux,
Non les amants troublés d'un âpre et faux délire,
Non ces bonheurs d'un jour dont se raillent les cieux,
Mais ceux qui vous sont chers ; mais ces bonheurs suprêmes
Chez l'homme révérés, applaudis des dieux mêmes,
Par qui, celui qui souffre est sûr de votre appui ;
Ces bonheurs qu'en aimant on sème sur sa vie
Quand, des soucis du pauvre incessamment remplie,
On se sent grandir l'âme en descendant à lui.

Septembre 1874.

UN CONTRASTE.

Du corps et de l'esprit, diverse, est la manière,
    Dans le jeu qu'on appelle amour :
L'esprit est fort coquet, il lui faut le grand jour ;
    Le corps souffle sur la lumière.

CIGALE.

Quand le soleil en feu sèche la fleur des champs,
La cigale sautille et, de son aile verte,
Gagne un maigre buisson dans la plaine déserte ;
C'est là qu'elle s'abrite et médite ses chants.

Elle y vit à l'écart, obscure et reposée,
Des atômes de l'air et d'un peu de rosée ;
Mais sa voix, la première, a salué le jour,
La première, du soir elle dit le retour.

Chanter est son bonheur ; charmer le paysage,
Est son lot : cherchez-la — sa vie est un ramage —
On l'entend à toute heure, on ne la voit jamais.

Poète, n'es-tu pas cette frêle nature,
Vivant de rien, chantant pour toute créature
Qui ne sait si tu meurs, qui ne sait si tu nais ?

Avril 1866.

RIMAILLEUSE.

Quand je vois tel luth féminin
Béquillant sur telle réclame,
Je me dis : Quel fut donc le nain
Qui trouva que la Muse est femme ?

SOUS UN SAULE.

A droite, une forêt avec le chêne antique
Au tronc noueux et noir, où le lierre s'applique
A jeter mille bras serrés et verdoyants ;
Et, tout près, des bouleaux aux reflets chatoyants,
Légers d'ombre, tremblants, vêtus d'écorces blanches,
Foulant de leurs pieds gris des touffes de pervenches,
Tandis que l'aquilon, sur les bois s'abaissant,
Roule à travers sa masse un souffle mugissant
Et fait soupirer l'arbre, ainsi qu'un daim malade,
Au choc d'un faix mouvant de nuages pressés
Sur son faîte, et, soudain par l'orage chassés :
Et puis, voici le ciel qui rit dans la clairière ;
Et là, l'ombre se noie en un bain de lumière,
Montrant je ne sais quoi d'étrange, comme sort
D'un visage figé, le sourire d'un mort ;
Ce fut là le midi changeant de ma journée,
Tandis qu'un saule pâle, à la feuille inclinée
Laissait tomber son voile autour de moi tendu. .

Mais, en juin, le soleil est-il longtemps perdu ?
L'astre a repris sa face éternellement belle ;
Des subtiles vapeurs tout le clan s'amoncelle
Sous son disque serein, comme un troupeau charmant
Qui mord les frais gazons près d'un maître clément.

Une hirondelle bleue a rasé les verdures;
L'abeille, en chantonnant, court des fleurs aux ramures,
Et, comme elle, aspirant les baumes du printemps,
De sèves saturé, je ressaisis les temps,
Les temps doux et lointains qu'adora ma jeunesse..
Toutefois, savouré lentement, le jour baisse :
Sur les coteaux voisins, de rustiques maisons
A leurs pâles blancheurs mêlent d'obscurs rayons
Comme il en tombe à l'heure où le soleil chancelle.
Autour du toit agreste et, comme en sentinelle,
Des réseaux de sapins, en bataillons massés,
Semblent dire aux vents durs: « Nous sommes là, passez,
« Ces gîtes sont bénis, nous en gardons l'enceinte. »
Loin, dans le fond du val, j'entends croître la plainte
Plus farouche, le soir, du fiévreux Océan;
Un essaim de vaisseaux, sur l'abime béant,
Balance indolemment ses mâts et ses cordages
Dont les sommets aigus meurent dans les nuages
Voisins de tel créneau, de tel donjon noirci,
Qui connut les Clisson, les Bertrand, les Coucy,
Ces vaillants dont la France a perdu la mémoire,
Et par qui, dire alors France, fut dire : Gloire.
O regrets!... Mais l'azur pâlit, et les oiseaux
Jaseurs et voltigeants rentrent sous leurs rameaux:
Enfin, le jour est clos, l'ombre a vidé ses urnes;
Tout se tait, si ce n'est d'humbles chanteurs nocturnes;
Et je vois, dans l'éther, poindre, mystérieux,

Les astres au front d'or, ce noble orgueil des cieux :
Et le Charriot, et l'Ourse et l'étoile première,
Qui précède la nuit, devance la lumière,
Ce Vesper dont les feux, importuns ou charmants,
Sont le phare divin qui luit pour les amants ;
Et, sous ses blonds regards, un rêve amer me gagne :
Un son mélodieux perce, emplit la campagne ;
Une voix — je ne puis jamais, sans tressaillir,
L'entendre — une voix donc, pure, semble jaillir
Comme un parfum, des fleurs ; comme un soupir, de l'onde.
Cet atôme de voix paraît l'âme d'un monde :
Marthe, ô Marthe éclipsée, oh ! j'ai bien entendu
Tout parle comme toi, j'écoute, où donc es-tu ?
Quelle ombre te recèle, ô ma beauté sacrée !
Combien je t'adorai, combien je t'ai pleurée !
Que de jours, près de toi, furent des jours vermeils !
Que nous vîmes surgir et mourir de soleils,
Tous pleins de ces instants dont la terre est avare !...
Et puis, le sort se lève, il frappe, il nous sépare,
Tu disparais, ô chère, et mes bras impuissants,
Dans une intense nuit cherchent tes bras absents.
Ta voix... Mais c'est sa voix !... ô détresse ineffable !...
Ta voix s'éteint... Mon Dieu, pitié d'un misérable !

Et mon rêve s'enfuit comme un torrent d'été
Par l'orage nourri, par le vent emporté...
Et moi je me jetai sur vous, buissons, herbages,

Je respirai longtemps vos senteurs, frais bocages;
Saule qui m'abritais, je bus sur tes rameaux
Des pleurs, enfants des nuits, moins glacés que mes os;
Et, sur les houx aigus, et sur le buis sauvage,
Cherchant cette voix tendre et cette obscure image,
(Comme s'ils recelaient sa vie et mon erreur,)
Je poursuivis son âme et je versai mon cœur.

Février 1874.

CHOIX DES MAUX.

Soucis, fuyez-moi!
Mais, hélas! que dis-je?
Voudrais-je un prodige?...
Le souci, l'émoi,
Mortel, avec toi,
Vivent jusqu'à l'heure
Où tout n'est plus rien :
Qui l'ignore? — Hé bien!
Sois seul, et demeure,
O souci d'amour!
Qu'avec toi je pleure,
Qu'avec toi je meure,
Sois mon bien, mon leurre
Jusqu'au dernier jour!

SUPER OMNIA VERUM.

A mon ami M. le conseiller d'Averton.

« La vérité d'abord, la vérité surtout,
« C'est mon dogme sacré ; j'en fis ma loi, mon tout, »
Me dis-tu ; « c'est le Vrai qu'honore ma devise. »
— Elle est fière ; pourtant, souffre que je le dise,
Noble ami, le sublime a pour voisin le·faux.
Que d'erreurs ont séduit le grand cœur des héros !
Qu'Aristote et Platon, par leurs vieilles écoles,
De rébus en rébus, ont dit de choses folles !
Que l'histoire nous ment dans ses graves leçons !
Que d'orateurs vantés suspendent à des sons
Mâles et savourés, de fraudes criminelles !
Combien l'équité saigne en leurs bouches cruelles !
Que le droit, la justice et que la vérité,
Dans des livres impurs, empreints de majesté,
Au fond, ne sont que mots extravagants, infâmes,
Quand, de venins ambrés empoisonnant les âmes,
Ils simulent, du Vrai, la divine splendeur !
Nos théâtres dorés respirent l'impudeur,
Et tel public de choix, tel beau critique appelle
Mainte ordure évidente, une image fidèle
De la nature prise en ses plus francs ébats.
Ami, j'en ai la fièvre et ne m'en cache pas:

Oh! j'aime trop le Vrai pour souffrir sa grimace,
Et lorsque l'imposture ose envahir sa place,
Dût ma main sur son front de bronze se briser,
Ma main comme un marteau se tend pour l'écraser;
Mais qu'il rayonne enfin; combien le Vrai sincère,
Le Vrai, sans aucun fard, est certain de me plaire!
Sois-je donc à l'abri des romanciers du jour!
Des poètes courus s'escrimant, tour à tour,
A tatouer la peau de leur muse incongrue,
Poupée en carton vil, plus sotte qu'une grue ;
Automate verni n'exhalant que des sons
Plus vains que n'est un chœur d'insipides frêlons ;
Rimeuse sans raison, sans sel et sans cervelle,
Fausse de pied en cap et qui se prétend belle!...
Sortez de vos tombeaux, Homère et Juvénal!
Dieux du Vrai, venez voir nos dieux de carnaval,
Apollons frelatés, simulant un délire
Si froid et si forcé qu'il vous plaira d'en rire!
Virgile, ces goujats qu'eût bâtonnés Bavus,
Sont prônés; oh! rougis, brûle ton *Marcellus!*
Oui, le Vrai, d'Averton, c'est la beauté des choses;
Mais qui peut le fixer dans ses métamorphoses?
Tout fantôme se dit son envoyé, mais lui,
Hors de son puits sacré n'a qu'à peine entrelui.
Le chercher dans son gouffre est le labeur des hommes.
Nous rêvons le tenir, infirmes que nous sommes,
Nous l'espérons toujours sans le saisir jamais,

Et ce grand fugitif ne gît qu'en nos souhaits.
Mais l'aimer, c'est du moins diffamer l'imposture,
Honnir le faux-fuyant, abhorrer le parjure,
De ses convictions rester le protecteur,
Et faire autour de soi vibrer ce mot : l'honneur.
Ami, je te connais; s'il faut qu'on sacrifie
A ce que l'on sait vrai sa fortune et sa vie,
Je te compte parmi les martyrs de leur foi;
Car s'il est un mortel aimant le Vrai, c'est toi.
Te requiert-on de vœux durs à ta conscience?
Tu réponds à ces vœux requis, par ton silence.
Témoin d'un meurtre horrible, et, dût le scélérat,
Le bras sanglant, sur toi doubler l'assassinat,
Tu lui dirais, sans peur : Frappe-moi, misérable!
Car je ne puis céler que je te sais coupable.
Ami, ce Vrai, nourri d'intrépide candeur,
Il est tien; tu le sens bouillonner dans ton cœur :
A bon droit, tu l'as fait surgir en ta devise;
Il te peint tout entier, permets qu'on te le dise.
Pourtant, même éclairci, ce mot prête à l'erreur :
Tu dis : C'est là le Vrai; moi je dis : C'est l'honneur.

Juillet 1874.

UN SUSPECT.

Avez-vous vu parfois un rose enfant,
Tenant en main sa tartine sucrée,
Ayant, tout proche, un lévrier friand,
Le pied fiévreux, la paupière affairée,
La lèvre avide et la narine au vent?

Que le bambin baisse ou lève la tête,
Le lévrier hausse ou baisse le front:
Que l'enfant coure, ou que l'enfant s'arrête,
Qu'il se retire, ou bien qu'il tourne en rond;
Comme l'enfant, ainsi le fait la bête:

Mais cette bête étroite, au long museau,
Plus qu'on ne pense est une bête fine;
Et sa souplesse a pour but le tourteau
Si bien beurré, dont la bouche enfantine
Peut laisser choir un blanc et doux morceau.

Bientôt, debout — précaution traîtresse! —
Le lévrier, de caresse impudent,
Lèche le beurre; et puis, avec adresse,
Au pain lui-même imprime un coup de dent,
Dont le bambin s'égaye en sa simplesse.

C'est, comme lui, qu'un papillon vermeil
Vole, s'enfuit, rôde et revient encore

Vers le bouton que l'aube, à son réveil,
De pleurs imbus d'un pur carmin colore,
Et que tient clos un reste de sommeil.

Ainsi la tendre éphèbe, au blond visage,
Rose en bouton, fraîche comme à seize ans,
Au front de neige, à l'âme sans ombrage,
Voit, sur ses pas, de subtils artisans
Lui préparer un chatoyant mirage.

Il vient vers vous, le lévrier pimpant!
Sa voix vous leurre et son œil vous surveille :
C'est votre fleur qu'il guette, chère enfant!
Il est si doux, si bas, que c'est merveille :
Mais ce mignon, ma belle, est un serpent.

Novembre 1870.

L'ALBUM DES PHOTOGRAPHIES.

Il est un livre de famille,
Tout éclatant de maroquin ;
Sur ses bords, l'or poli scintille,
En ses plis, un peuple fourmille,
Et tel front bien-aimé pétille,
Encadré sous son blanc vélin :
Mais lequel (c'est un doux mystère)
Lequel de ces fronts a su plaire

Plus qu'un autre, aux yeux persistants
De la maîtresse de céans ?...
— Le livre va parler lui-même,
Car ses plis sont obéissants :
Fatigués, souples, mais constants,
Ils s'ouvrent sur celui qu'elle aime.

Juillet 1873.

LE MUSULMAN PARTAGEUR.

Scharoch, fils de Timour, fut un grand souverain.
Son empire était vaste, ainsi que sa fortune :
  Il régissait le genre humain
Chez ceux qui du soleil font un être divin,
Et n'était pas fort loin de ceux qui de la lune
  Veulent que leur roi soit cousin.
Son peuple fait toujours de l'essence de rose,
  Et le peuple voisin dispose,
En mille fins tissus, ce filament soyeux
Que façonne, en sa coque, un ver miraculeux ;
Bref, Scharoch gouvernait une vaste machine :
Il régnait sur la Perse et touchait à la Chine.
M'y voilà ; c'est fort clair... je l'aurais dit plus tôt,
Mais tout rimeur ondoie et tourne autour du pot,
C'est son droit. Revenons à Scharoch ; ce monarque
Dans l'art de gouverner fut digne de remarque :
Avant Smith et Malthus, il comprenait très-bien

Qu'un ruisseau, trop saigné, peut se réduire à rien :
Qu'à partager, se perd la fortune publique,
Et qu'il n'est, sans travail, recette politique
Qui puisse transformer, en riche, un franc vaurien.

  Un jour donc, un potier l'aborde
  Dans un fort mince accoutrement,
Le salue et lui dit, sans autre compliment :
  « Dieu te fasse miséricorde!
« Mais crois-tu bien, Scharoch, ce qu'on lit au Coran,
  « Savoir, que chaque musulman
  « De tout bon musulman soit frère?
« — Je le crois, dit Scharoch, et n'ai pas à m'en taire.
« — Comment donc se fait-il, réplique le potier,
« Que moi je sois si pauvre en mon pauvre métier,
« Et, qu'à loisir tu sois si riche, toi, mon frère?
« Que ne me donnes-tu ma part héréditaire?
« — C'est juste, fit Scharoch ; tiens, voilà trois sequins.
« — Sultan, dit le potier, tes présents sont mesquins ;
« Quoi! d'un si grand trésor me donner une obole !
« Une aumône, un fétu!... Sultan, sur ta parole,
« Est-ce là tout?... — Oui tout ; je vais plus loin, c'est trop,
« Reprend Scharoch ; ta part est belle, n'en dis mot :
« Si, comme toi, chacun prenait son héritage,
« Si nos frères venaient me réclamer leur lot,
« Le tien serait sujet à rapport ; sois donc sage,
  « Et retire-toi sans tapage! »

  Février 1866.

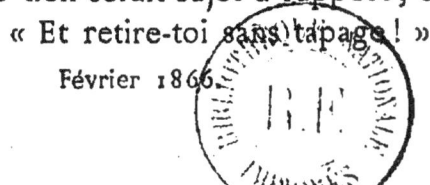

L'ATHÉE.

Trop de vin nous enivre, un peu nous fortifie ;
Comme tu crains le vin, crains la philosophie :
Tel, pour suivre Aristote, a quitté sa maison,
Qui, gâté par le rêve, a perdu la raison.

J'appelle fou, celui dont l'esprit déifie
L'athéisme, des mœurs le monstrueux poison ;
Qui se fait de sa faute un criminel blason,
Qui chérit son délire et s'en béatifie.

Tu vis chez nous, athée, ainsi que le nageur
Qui, d'un orage énorme éprouvant la fureur,
S'agite et sent les eaux porter son corps rigide :

Nos croyances, nos mœurs, te retiennent à flot :
Tu le démens? Fais mieux, chois, à ton gré, du haut
D'un dôme ou d'une tour ; puis, nage dans le vide !

Décembre 1870.

ÉCRIT SUR L'ALBUM DE LA GRANDE-CHARTREUSE.
17 Juillet 1873.

Ici, le corps languit ; ici, l'âme respire
Un peu de ce bonheur que promettent les cieux :
Ici, la volupté s'exhale du martyre ;
Ici, germe le Saint, dans le Religieux.

L'IVRESSE.

Tandis qu'un vin de Chypre engourdissait ma veine,
Un soir, tu m'apparus durant la nuit d'ébène,
Marie, au fin corsage, à la résille d'or;
Marie, à l'œil si tendre, au cœur plus tendre encor.

Tu penchais sur mon front ta lèvre au frais sourire,
Tu me parlais tout bas, et je t'entendais dire
Que jamais autre humain ne surprendrait ta foi,
Que m'aimer, à mourir, enfin serait ta loi.

Adieu, murmurais-tu, folle coquetterie,
Regards, billets trompeurs, mensonges de ma vie:
Ami, sois mon bonheur!

— Qu'entends-je? m'écriai-je, ô divine maîtresse!
Astres, retenez-moi dans mon heureuse ivresse,
Laissez-moi mon erreur!

Novembre 1870.

L'INQUIET.

Je suis sombre, je suis fiévreux.
Amour, ton poison me dévore.
— Je sais ce que ton cœur déplore,
Dit l'Amour; soit, végète encore!
— Non, je serais plus malheureux.

L'ÉCOSSE.

« Par saint Jacques! vous me rendrez raison
de cette impertinence après Pâques. »

CONTE ESPAGNOL.

L'Ecossais, pour la France, est un antique ami;
Sur la foi de son bras, nos vieux rois ont dormi
Quand la garde du prince, avant d'être française,
Ou suisse, ou mixte, fut une garde écossaise.
Nous connûmes le plaid, moins fraternellement,
Quand Toulouse le vit, sous tel retranchement,
Drapé sur des gaillards nus jusqu'à la poitrine,
Manœuvrant lestement claymore ou carabine,
Et marchant à l'assaut, comme d'immenses tours,
Contre nous, avec leurs pibrocks et leurs tambours.
Certes, le noir panache ombrant leur face rouge,
Leur dure bayonnette entrant, comme une gouge,
Dans la chair de nos vieux et mâles bataillons,
Leur brogue à poil de vache et leurs sanglants haillons;
Leurs sabres qui faisaient de si larges morsures,
Leur courage muet au milieu des blessures,
Nous firent admirer, très-fort, mais non sans frais,
Ce que c'est que le Picte agacé de trop près.
Il est vrai que la France, usant de représaille,
Les faucha par milliers dans l'illustre bataille,
Et qu'après leurs grands coups, dans la gloire endormis,

Ecossais et Français se revirent amis :
Mais laissons ce propos aux filles de mémoire,
Venons au fait; lequel ? En vérité, l'histoire
Qu'il me faut vous conter est à faire pitié.
Laissez-moi divaguer sur sa bonne moitié,
Même sur les trois quarts, lecteur, et plus encore.
J'ai respiré tantôt quelques fleurs d'ellébore,
Grâce!... L'Ecosse est donc un pays contesté,
Non point par l'indigène, il en est entêté;
Mais par tel hypocondre affamé de médire,
Et qui meurt s'il n'affile épigramme ou satire.

Voyons : l'Ecosse est-elle un pays fréquenté
Par le seul curieux, et beaucoup trop vanté?
Est-ce un amas de joncs et d'infirmes bruyères,
De maussades coteaux, clair-semés de fougères,
De buissons racornis, de rochers écumeux
Que bat une mer sombre et couvre un ciel brumeux;
Un chevauchis de monts, où l'avare nature
A plus versé l'ennui que semé la pâture?
Est-ce un désert morose, où de maigres plateaux
Se parent de débris que l'on nomme châteaux,
Mais dont la mousse abjecte et l'outrageuse mine
Disent : « N'approchez pas, je suis une ruine ? »
L'Ecosse est-elle, en somme, et, pour trancher le mot,
Un franc pays de gueux, fardé par Walter-Scott;
Un décor d'opéra, mais où l'on ne peut vivre,

6.

Et qu'il faut visiter surtout dans un beau livre ?
— Allons donc ! se récrie un ami des Highlands,
Vous nous la donnez belle, à ramener aux glands
Cette verte presqu'île, où tout ce qui respire
Enrichit son berceau, qu'il aime avec délire ;
Où foisonne le marbre, où végète le fer,
Où la perle s'irise aux gouffres de la mer,
Où la houille, ce gaz concret, ce feu de pierre
Couve, en noirs sédiments, sa flamme et sa lumière !
Où le coton se trame en voiles transparents,
Où le lin donne un fil si cher aux tisserands !
Où le bétail pullule, où le nain de sa race,
Le poney généreux, est cheval par l'audace !
Où ramiers, coqs, perdrix, en épais tourbillons,
Tombent sur les halliers, parsèment les buissons !
Où la mer est partout comme dans son domaine !
Où les monts Grampians, tendus comme une chaîne,
Virent ce choc antique et grand, qui révéla,
D'un côté Galgacus, de l'autre Agricola ;
Où Wallace eut son jour ; où Bruce, enfin, sut être
Chez lui, malgré l'Anglais, un véritable maître ;
Noble sol que le grand Erskine, aux mots puissants,
Fit vibrer, et que Burns illustra de ses chants !
Sol qu'ont soudé ses monts à la forte Angleterre,
Pour doubler son pouvoir d'émerveiller la terre !
Oui, comme des géants, du nord jusqu'au midi,
Ben-Comon, Ben-Lawers, Ben-More, Ben-Ledi,

Vos pics portent la nue ; et, sur vos croupes sombres,
Le chêne et les pins verts jettent leurs vastes ombres ;
Et vous, Leven, Katrin, vous lacs délicieux,
En splendides miroirs vous reflétez les cieux,
Car la terre des lacs aux aubes enchantées,
C'est ce pays d'Highlands qu'habitèrent les fées.
Salut ! race sincère à son thane, à son roi,
Qui, lorsqu'il la donna, ne reprend plus sa foi ;
Race de ces Douglas sur lesquels étincelle
Ce mot de leur écu : *Vaillant, doux et fidèle !*
Salut ! riches guérets et vous, sacrés sillons,
Où jaillissent, à flots épais, d'amples moissons ;
Où le seigle verdit, où le froment se dore,
Où fleurit le genêt que le bouvreuil picore ;
Vous prés, dont la fleurette et les foins odorans
Fatiguent la faucille ; et vous, troupeaux errans,
Qui prodiguez la laine et le lait à vos maîtres ;
Et vous bois rembrunis, et vous sources champêtres
Et vous cottages doux aux tortueux sentiers,
Où fleurissent, vermeils, les âpres églantiers,
Où le fauve myrtil, les blanches pâquerettes,
L'iris, les thyms amers, les brunes violettes,
Les fragiles roseaux, les houx aux grappes d'or,
Pour l'œil et pour le cœur, forment un doux accord !
Walter-Scott eut raison ; c'est l'honneur de sa plume
D'avoir, pour vous chanter, conçu plus d'un volume :
Ecosse, il vous soutient de ses doctes écrits ;

Mais, d'ailleurs, de vos flancs sortent de grands esprits.
Voyez, au front des cieux, quand la nuit tend ses voiles,
Ce qu'est le firmament pour les blondes étoiles :
L'astre luit pour l'éther, mais l'éther azuré
Dans ses profonds replis nourrit l'astre sacré,
Ainsi, par son cordon, l'enfant tient à sa mère !

Cependant, je l'ai dit, l'Ecosse désespère
Plus d'un frondeur sarmate, italien, français,
Slave, croate, grec, mais plus souvent anglais ;
C'est un tic, un prurit, chez ce John-Bull morose,
D'égratigner l'Ecosse, à propos, ou sans cause :
L'un d'eux, maître Johnson, que l'on disait docteur,
Revenant de certain voyage d'amateur
Où son œil avait vu le continent, les îles,
Les sites, les plateaux, les grèves infertiles,
Les montagnes, les mers, et les lacs et les bois
Sur lesquels les Stuarts régnèrent autrefois,
Un vieux Highland lui dit : « Vous voilà donc, cher maître,
« Bien instruit d'un pays que vous vouliez connaître,
« Vous en venez tout frais ; eh bien ! donc, dites-nous,
« Que vous en semble ? Hein !... Voyons, qu'en pensez-vous ? »
« — Ce que j'en pense ? fit le docteur détestable,
« C'est que votre pays est vil et méprisable,
« On y voit la groseille, il est vrai, mais quel fruit !
« Après l'avoir mangé, que la gorge vous cuit !
« C'est pis que du vinaigre, et la mort est plus douce....

« — Monsieur, reprit, confus, le vieillard à peau rousse,
« Dieu fit pourtant l'Ecosse avec précaution,
« Comme il fit le berçeau de toute nation,
« Comme il fit l'Angleterre et comme il fit la France :
« Je n'y vois, pour mon compte, aucune différence.
« — Erreur ! reprit Johnson, l'Ecosse, je le sais,
« Fut exclusivement faite pour l'Ecossais... »

Croit-on que le vieux Picte ait craint de le maudire ?
Toi, lecteur, sois content ; j'en ai fini, respire.

Avril 1869.

SUR LA FORTUNE.

Le pied tourne dans la chaussure
Quand la chaussure a trop d'ampleur,
Mais si trop maigre est sa mesure,
Elle inflige et gêne et douleur :
Même ivresse et même malheur,
Lorsque le sort nous fait l'injure
De trop ou trop peu de faveur.

PARIS ET LA FAIM.

C'était l'an deux, le *maximum* trônait;
Tout près de lui trônait dame Misère,
Puis, cet acier tranchant, ce couperet
Qui de Samson sacrait le ministère.
Monsieur Ronsin, sans-culotte exemplaire,
Pillait, tuait, brûlait, exterminait
Bêtes et gens, manoir, château, chaumière,
Et, nonobstant, partout le pain manquait.
Le doux Henriot tendrement exhortait
Ses chers féaux, à boire de l'eau claire
Au lieu de vin dont lui seul s'humectait,
Quoi plus? hélas! son œil gris se trempait
Dès qu'à ses pieds gisait la ménagère,
Se lamentant de l'absence ordinaire
(Non pas chez lui) de menu lard, de lait,
De beurre, d'œufs, de tout le nécessaire,
Et qui, les pleurs enfin séchés, hurlait.
Mais à quoi bon cris et pleurs, s'il vous plaît?
Garnirait-on ses plats de sa colère?
Le campagnard, pour un juste salaire,
Eut bien fourni Paris tant bien que mal,
De ce qu'envie un panier matinal;
Mais, aux faubourgs, quand reluisait le sire,
L'aimable accueil!... Et qu'ai-je à le décrire?

Bœufs, chevaux, preste! on les lui détellait,
Et puis, que le patron criât, on le criblait
De coups frappés de main de sans-culotte.
Lors, choux, panais, quartiers de lard, carotte,
Tout le menu des champs disparaissait;
Voilà comment Gros-Jean s'enrichissait.
Aussi, chez lui, restait-il porte close.
Le pré chômait, l'étable était morose;
Dans le verger le fruit restait pendant;
Manger son blé soi-même était prudent;
Boire son cidre était meilleure chose
Qu'en régaler tel clubiste impudent
Qui vous bourrait de coups, au lieu d'argent.
Pauvre Gros-Jean! sa prudence était vaine,
Monsieur Ronsin venait, sur la semaine,
Avec un cent d'apôtres bien choisis,
La pique au poing, visiter son logis.
Lors, ces limiers mâchaient le misérable:
Rien ne restait en la grange, en l'étable;
On furetait sa huche, son cellier,
On raflait tout, de la cave au grenier;
Bœufs et chevaux quittaient leur écurie,
Pour les voleurs qui sauvaient la patrie;
Et quand, chez Jean, tout était vide enfin,
Non moins que Jean l'on vidait son voisin.
Paris alors vit clair dans sa famine;
Qui la triplait? La province en ruine

Par les héros que promenait Ronsin,
Fort patronnés de sainte guillotine,
Sentant le sang, la débauche et le vin.
On s'étouffait pour quelque once de pain :
Au fort des nuits, perchés, en pied de grue,
Jeunes et vieux se figeaient dans la rue,
Tandis qu'Hébert criait avec fureur :
« On nous étrangle, à bas l'accapareur !
« A bas celui qui mange ! il amoncèle. »
Mais d'où sortaient les colliers, la dentelle
De la Goupil, femme de l'ex-laquais ?
D'où tant d'anneaux, de linge ; et ces harnais,
Ces chevaux fins qui voituraient la belle ?
Pour le savoir, on montra quelque zèle :
On visita Duchesne en sa maison,
Et l'on y vit la provende à foison :
Le drôle était accapareur en diable ;
Il avait tout, l'utile et l'agréable :
Pain, bœuf, légume, et même venaison ;
Enfin, des vins à perdre la raison.
On vous saisit, tout chaud, ce misérable ;
Son court procès le déclara coupable
Moins qu'il n'était ; et puis, bien lié, crac,
Il lui fallut aussi cracher au sac.
Oh ! ce jour-là, qu'il était donc *colère !*..
Bref, on coupa le cou de la vipère,
Et le public, à l'aspect de sa peau

Verte de fiel, cria : *Bravissimo !*
Mais rien n'y fit ; un drôle qu'on égorge
N'est pas du pain ; la faim serrait la gorge.
D'autres que lui beuglaient : « On nous trahit!
« Le blé foisonne, hélas ! mais, à minuit,
« Ce gueux de riche en fait mainte litière,
« Et, bien repu, le donne à la rivière ;
« A bas le riche! à bas!... » Tous ces à bas,
Séchaient la lèvre et ne nourrissaient pas.
Lors on rumine en soi : « Ceci m'assomme... »
— « Veux-tu manger? Change ceci, notre homme! »
Disait la femme, et le peuple lassé,
Sous l'échafaud saignant, toujours dressé,
Le peuple-roi, qu'on berne et qu'on décime,
S'écrie enfin : « Vive l'ancien régime! »

Novembre 1873.

UN LACÉDÉMONIEN.

Comment, disait un maître sot,
(Coiffeur loquace outre mesure),
Monsieur entend-il sa coiffure ?
Faut-il dégager sa figure,
Faut-il le coiffer bas ou haut?
— Qu'on me coiffe sans dire un mot!

7

HORACE.

Je t'accuse lorsque, légionnaire antique,
Accouru pour sauver ta mâle république,
A côté de Brutus, une pique à la main,
Tu jettes, en fuyant, ton bouclier d'airain.

Je te goûte aussi peu lorsque, dans sa litière,
Mécène t'accueillant, ta muse familière
Se risque à lui tenir ce généreux propos :
« Qu'en septembre, déjà, les froids mordent la peau ; »

Mais quand tu sais sculpter en son combat suprême,
Sous l'univers croulant, calme et restant lui-même,
  Le juste audacieux ;

Ou quand, donnant l'essor à ton charmant génie,
Ta sagesse s'empreint de sel et d'harmonie,
  Ton front touche les cieux.

Novembre 1865.

LA COUR.

Lorsque aux jours noirs, s'éclipse et meurt en France
La cour des rois, les truands ont leur tour ;
Alors, il faut adorer le silence,
Ou pis encor, vaincre sa conscience,
Et s'écrier : « Vive la basse-cour ! »

VIRGILE.

Soit que, poétisant les pâtres d'Arcadie,
Tu dictes leurs chansons aux bergers d'Ausonie :
La palombe aux forêts jetant sa rauque voix,
Et le serpent plié sous la fraise des bois,

Ou comment on recèle, en leurs sillons encloses,
Les semences des blés pour croître avec les roses ;
Comment la vigne s'enfle, et, comment les taureaux,
L'abeille et le cheval nous prêtent leurs travaux ;

Ou soit que, moins épris de la lyre d'Ascrée,
Tu dises les grandeurs de ta Rome sacrée,
La sévère Junon, Didon, l'antique enfer,

Enée aux grands destins, Mézence au cœur de fer ;
Ta muse, s'arrogeant un triple caractère,
Nous ressuscite, en toi, Bion, Hésiode, Homère.

Novembre 1865.

A LA MUSE JACOBINE.

Poète, en contemplant tel peuple qu'on opprime,
Qu'on sature de fiel, qu'on pille, qu'on décime,
Le coupable, dis-tu, doit se nommer César.
Tu dis mal ; le tyran porte un nom légitime :
C'est Marat, et son fils s'appelle Communard.

DELILLE.

Tes tableaux, parsemés de fleurs de porcelaine,
Ni des eaux, ni des bois, n'ont ressenti l'haleine :
Mais qui sut mieux que toi rimer, versifier,
Et d'un scandeur de mètre exercer le métier?

Ton Milton paraîtrait sauvage autant qu'épique
S'il pouvait déposer sa chère rhétorique ;
Stérile à concevoir, ton inspiration
S'essouffle en un poème exempt d'invention ;

Plus français que troyen, ton petit-maître Énée
Est tout de glace, mais sa phrase est pomponnée :
Ta Didon sait parler de tout, hormis d'amour.

Privé de sentiment, mais empreint d'harmonie,
Ton esprit galamment contrefait le génie ;
Tu fis Satan coquet ; Virgile, pompadour.

Décembre 1865.

LE DISTIQUE.

Mainte fois, en deux vers, une muse subtile
Peut loger madrigal, ou trait empreint de bile.
Un fat, sur un distique adjurant Fénelon :
— Monsieur, dit le prélat, je le trouve un peu long.

LA MULE NOIRE.

> « Histoires nouveaux qui sont moult
> plaisans à raconter en toutes bonnes
> compaignies, par manière de joyeu-
> seté. »
>
> LES CENT NOUVELLES NOUVELLES.

L'homme est né fort, et pourtant il faiblit ;
Il se dit probe, on le rend corruptible ;
Il se croit ferme, et n'est que trop sensible
A tel présent, tel souris, et l'on vit
Plus d'un Caton donnant la comédie
Que, chez tel autre, il nomme « foi mentie ; »
Tel est donc l'homme fort ! Il peut fléchir :
Quoi d'étonnant que l'on ait vu gauchir,
Pour son prochain, la gente créature
Que Dieu fit douce et frêle par nature,
Ame accessible aux propos langoureux ;
Et qui peut fondre aux cris d'un malheureux ?
Lequel, encor ?... Souvent, Satan lui-même
Se travestit ainsi, par stratagème :
« Satan mourra, si l'on n'en prend pitié ! »
Le beau souffrant séduit donc la moitié
De celui-là qui ne l'en priait guère.
Or, si Satan fit trébucher la mère
Du genre humain, qui lui résistera ?
Mais, dit la Bible : « En son péché mourra

« Qui vit pécheur. » Juste et dure maxime
Que pratiquait, comme très-légitime,
Un conseiller, un docte, un ornement
De ce corps grave appelé parlement,
Rendant Thémis de ses rigueurs jalouse,
Et, sur ses gonds, faisant trembler Toulouse.

De Tertignac était omnipotent
Sur son fauteuil, mais époux impotent,
Ou, tout au moins, laissant beaucoup à dire ;
Vrai ! beaucoup trop ; à tel point que le sire
Etait, était... ce qu'il ne voulait pas :
A qui n'entend, je le dirai tout bas :
Il l'était donc bien carrément ; que faire ?
Être cela n'est pas petite affaire
Lorsque l'on doit, publiquement assis,
Montrer son rouge autour des fleurs de lys ;
Et puis, sur qui venger son amertume ?
Punir madame, ou suivre la coutume
De la garder, mais de meutrir l'amant ?
Il y fallait songer très-mûrement.
A dire vrai, la dame était plaisante ;
J'entends plaisante à voir, appétissante :
La Toulousaine avait ce grand œil noir
Qui flambe au jour, qui fait rêver le soir ;
Ce sang vermeil, cette bouche mi-close
Où, sur l'émail des dents, germe la rose ;

Et cette bouche, en chantonnant, disait
Propos si chers à celui qui plaisait :
Et sa main fine était si bien d'un ange
Croquant perdreaux baignés de jus d'orange ;
Bref, son doux corps, un morceau délicat,
Si parfumé d'ambre et de vin muscat,
Que le jaloux eut gracié madame
S'il eut été plus... mari de sa femme.
Ce qu'il était lui fit prendre, en ceci,
Le parti ferme et discret que voici :

C'était le temps chargé d'incandescence
Où la Cour dort, à moins d'être en vacance.
De Tertignac étant donc sur le point
D'aller rêver d'arrêts près de son foin,
Ou de chasser, parmi les blés, la caille,
Ou de remplir à point quelque futaille,
Dit à Pistol — le dévot serviteur
D'un maître tel qu'un grave sénateur —
Il lui dit donc : « Pistol, laisse sans boire
« Pendant trois jours, au moins, la mule noire.
« L'avoine est dure et sèche ; il faut mêler
« Grand sel au grain pour le faire avaler ;
« N'y manque pas ! — C'est entendu mon maître. »
Fut-il exact? Vous le verrez peut-être
Si vous jugez (plaise au ciel !) jusqu'au bout,
Ce franc récit digne de votre goût.

La mule noire était la bête fine
Que, pour trotter, aimait la belle Argine,
La pécheresse au regard tout pétri
De feux trop vifs au gré d'un froid mari.

Les voilà donc, partant pour la campagne,
Le conseiller et sa gente compagne,
En satin gris parsemé de velours
Et d'agréments, doux leurre des amours.
Puis vient Pistol, lequel, en lui, rumine
Pourquoi monsieur a fait une cuisine
Inusitée à son cher animal
Si bien nourri, mais abreuvé si mal.
Enfin, l'on sent l'air frais d'une rivière
Vaste, rapide et bordant la lisière
D'une forêt qui rase le chemin
(Chemin tortu, large comme la main),
Qu'il faut longer avant d'atteindre au gîte
Qu'en pareil cas de Tertignac visite.
Donc l'eau surgit!... La mule en fait grand cas.
Plutôt mourir que de ne boire pas!
Elle bondit, elle saute dans l'onde
Torrentueuse aussi bien que profonde,
Et la voilà roulant avec les flots,
Sans excepter ce que portait son dos.
Argine crie ; hélas ! sa compagnie,
Au petit pas à peine l'a suivie !

Peur de suer, Tertignac restait loin ;
Et, de Pistol son maître a trop besoin
Pour le laisser courir le long des routes.
Personne donc ne se trouve aux écoutes
Pour assister celle qui se noyait.
« Dieu veuille avoir son âme, s'il lui plaît ! »
C'est, je crois fort, ce que pensa le sire
De Tertignac; mais Pistol dut se dire...
Que se dit-il? Vous le comprenez bien :
« Que son doux maître était un franc vaurien,
« Mais qu'il fallait s'en taire, peur d'offense
« De tel qui sait ourdir telle vengeance
« De ses affronts. » Donc, Argine plongea
Dans la Garonne, et son corps surnagea
Près d'un îlot tout fleuri de bruyères,
Où s'éteignit le ciel sur ses paupières.
On l'y pêcha; son mari sut pleurer
Très-décemment, et la faire enterrer
Au bruit flatteur de cloches bien sonnées;
Fêtes n'étaient si bien carillonnées :
Même en l'église, au-dessus du portail,
Tertignac fit loger un beau vitrail
Représentant, tout en brief, l'histoire
Du grand meschef fait par la mule noire;
Rien n'y manquait, et l'on disait tout bas :
Argine et mule, hélas! que de faux pas !

  Juillet 1869.

MARASME.

« Tiens, regarde cette branche coupée ;
on dirait qu'elle vit encore. »

GŒTHE.

Mon âme, vous souffrez et tout vous semble amer ;
Pourtant le ciel s'azure et rit sur notre tête ;
Pour nous, sur les pins verts, l'oiseau jaseur s'arrête ;
De la senteur des prés, la brise aiguise l'air ;
Mais vous souffrez, mon âme, et tout vous semble amer.

Non, le cœur ne bat plus s'il meurt à l'espérance :
Ni les chants du matin, ni les splendeurs du soir,
Ni les pleurs du départ, ni les cris du revoir,
Non, rien ne peut soustraire à sa morne souffrance
Un cœur qui ne bat plus, s'il meurt à l'espérance.

L'aube surgit à peine, et je me plains du jour ;
Oui, sa rougeur me semble une livide aurore :
Moment si plein d'angoisse, êtes-vous rêve encore ?
O mes nobles travaux, ô mon antique amour,
Sans vous, quand le jour naît, qu'ai-je besoin du jour ?

Je suis l'impur débris de l'étoile qui tombe,
Un vil rebut de pierre, autrefois un rayon ;
J'ai traversé la brume en un dernier sillon,
J'ai fumé sur le sol fangeux où gît ma tombe :
Je ne suis qu'un débris de l'étoile qui tombe.

Malheur au lac placide, aux chastes bords en fleurs,
Quand les cruels torrents qu'ont vomi les orages
S'ouvrent un lit immonde à travers cent naufrages,
Et, sur le pur cristal, rejettent leurs fureurs!
Malheur au lac placide, aux chastes bords en fleurs!

Captive aux pans d'un mur, qui ne plaindrait l'abeille
Qui, surprise dormante, en sa prison s'éveille,
Par le ciment scellée à l'obscure cloison,
Et qui pleure ses champs, ses fleurs, l'aube vermeille?
Qui ne plaindrait l'abeille ailée, en sa prison?

O néant de mes jours, quelle est votre amertume!
Non, le surplis de plomb; non, la chape de fer
Que traîne un tourmenté dans l'éternel bitume,
Nul supplice, ô néant, n'égale ton enfer!
Paix, mon cœur!... ce sanglot lui-même est trop amer.

      Juillet 1869.

MÉTIER INGRAT.

Rimer est un plaisir charmant,
Toutefois, je le trouve aride;
Car gros poème et bourse vide
Se tiennent, on sait trop comment.

LE MAUVAIS CONSEIL.

C'était le mois où la rose est nouvelle,
Où tout s'émaille aux champs comme aux vergers,
Où, des oiseaux, les voyageurs légers,
Courent en foule où le soleil ruisselle;
Le mois vermeil qui s'ouvre à l'hirondelle,
Aux rossignols, aux chantres bocagers,
Le mois des nids qu'adorent les bergers.
Sur un tilleul d'assez large structure,
Dans un repli de ses rameaux ombreux,
Sur un doux lit de mousse et de verdure,
Un oisillon que la douce nature
N'ornait encor que d'un manteau soyeux,
Un embryon, croissait insoucieux,
Ou, ne songeait tout au plus qu'à sa mère,
Laquelle allait quérir, puis apporter
A son poussin la pâture ordinaire,
Lorsque survient (conseiller téméraire),
Un écureuil qui prétend exhorter
L'oiseau, sans plume, à se précipiter
Dans l'air profond, comme un oiseau pubère;
N'était-ce pas choyer une chimère?
« — Songez, dit-il, comme j'ai su monter
« Jusques à vous, sautant de branche en branche;
« Voyez, mignon: sur mes pieds je me penche,

« Puis, crac... là-bas, je me sais transporter ;
« Et cependant je ne me puis vanter
« D'appartenir à la gent volatile.
« Croyez-moi donc, cessez d'être inutile.
« Trop dormir nuit ; on meurt à végéter. »
L'oisillon croit ce qu'on lui vient conter.
Au bord du nid il monte, et puis culbute
Le long du tronc, et crève de sa chute.
Il ignorait, ce mirmidon d'oiseau,
Qu'on ne court pas les airs avec sa peau,
Sa seule peau ; qu'il faut, de plus, que l'âge
Sur cette peau fortifie un plumage,
Si l'on ne veut rester sur le carreau.
O gens pressés de quitter le rivage...
Sans voile ou rame, à quoi sert le bateau ?

Avril 1872.

LES AMIS.

« Donec eris felix... »

OVIDE.

Tant que le ciel t'est gracieux
Cent amis, près de toi, font rage.
Survient-il le moindre nuage,
Reste seul ; reçois leurs adieux !

OVIDE.

Débrouilleur du chaos de l'antique univers,
Toi qui sus retracer tant de métamorphoses,
Que ne devenais-tu marbre ou buisson de roses,
Quand tu vis de César l'incestueux travers ?

Debout, mais foudroyé, depuis ce temps tu n'oses
Que chanter ta douleur et profaner tes vers
A demander qu'au moins, par pitié, tu reposes
Dans un exil moins dur, moins battu des hivers.

Au seul nom de César, ton âme s'épouvante
Comme frissonnerait la colombe innocente
Au seul cri du milan qui pourrait la saisir :

Pour toi César fut sourd ; ignorais-tu qu'à Rome,
Dans le cirque sanglant, on n'épargnait que l'homme
Qui savait se parer du mépris de mourir ?

Janvier 1866.

HOMME ET LOUP.

Le loup, quel scélérat !... et quelle bête nuit
Aux timides agneaux, autant que ce corsaire ?
Tu le dis ; mais que dit le loup ? — Mon benin frère,
Je mange l'agneau cru ; toi, tu le manges cuit.

LA BELLE ACCUSÉE.

Le prince André vénait d'épouser reine Jeanne;
Il l'aimait dès longtemps, elle ne l'aimait pas;
Comme il levait le pied pour entrer dans ses draps,
On le prit à l'écart, on lui fendit le crâne.

Sa veuve s'en émut tout autant qu'une cane,
Et des tueurs du prince elle fit trop de cas:
Son imprudence enfin se change en embarras;
Une affreuse rumeur l'accuse et la condamne.

La voilà qui harangue et pape et cardinaux
Assemblés pour juger la belle prisonnière.
Sa défense parut aussi forte que fière;

Puis, ses yeux et ses pleurs livrèrent tels assauts,
Que jamais n'eût raison femme plus agaçante:
Qui triompha, lecteur, la belle ou l'innocente?

Mars 1866.

LA VIE ET LE FEU.

Que le feu ressemble à la vie!
Au début, on le voit fumer;
Puis, en brillant, se consumer,
Et finir en cendre ou scorie.

MYSO.

Déjà souffle le vent d'automne,
Et luit le fusil meurtrier;
Le filet attend le ramier,
Les houx avivent leur couronne,
Et la graine au vent s'abandonne :
Le coq sort, éperdu, de la bruyère en fleur,
Il pousse dans les airs son aile frémissante ;
Et moi j'attends Vesper, l'étoile souriante,
Pour rêver, avec elle, à Myso mon bonheur.

La perdrix fréquente les plaines,
Le pluvier rôde sur les monts ;
Le héron poursuit les fontaines,
La bécasse les bois profonds,
Et l'aigle la roche hautaine,
La roche que jamais (téméraire agresseur),
N'osa fouler le pied du plus vaillant chasseur;
L'agreste noisetier est l'abri de la grive,
Et le merle chanteur dort sous l'épine vive.

Ainsi, divers sont vos plaisirs,
Races tendres, races farouches :
Vous, vous dépensez vos loisirs
A mêler vos jeux, vos désirs;
Et vous, l'isolement vous touche;

Mais fuyez, fuyez tous, l'homme votre bourreau,
Ses affûts, ses lacets, son fusil, son couteau,
Sa clameur quand il voit votre plume saignante,
Votre cou qui s'affaisse et votre aile pendante.

Myso, Myso, le jour est clair,
L'hirondelle effleure la terre,
Le ciel pâlit, l'arbre est moins vert;
Sur les prés la brume légère
Répand une ombre de mystère ;
Viens, égarons nos pas dans les sentiers herbeux ;
Adorons les beautés de l'immense nature,
Les épis frémissants, les grappes de la mûre,
Unissons-nous à tout ce qui végète heureux.

Nous suivrons le flot qui serpente,
Nous murmurerons nos amours,
Je tiendrai ta taille charmante
A travers les ombreux détours,
Jusqu'à ce que, hâtant son cours,
La nuit ramène aux cieux la lune grandissante ;
Myso, jeune Myso, gente et candide amante,
Plus douce à mes regards, plus suave à mon cœur
Que l'eau d'un tiède avril n'est suave à la fleur !...

Mai 1867.

NATURE ET SYSTÈMES.

> « Si vous n'avez étudié la nature,
> que savez-vous! »
>
> GŒTHE.

La montagne bleuâtre a ses lacs, ses glaciers,
Ses mousses, ses lichens, ses agrestes rosiers,
Ses neiges, ses grands bois, et ces eaux vagabondes
Qui, tombant de leur cime en des gorges profondes,
Et, d'abîme en abîme, errant malgré leur frein,
Deviennent le Danube, ou le Rhône, ou le Rhin :
Des derniers feux du soir la montagne se dore ;
La première elle boit les rayons de l'aurore,
Et, sur ses dômes verts, tapissés d'antres frais,
Courent, et daims légers, et biche aux fins jarrets.

La plaine a ses grands prés où la frêle cigale
Sautille, chante, dort, s'abrite ou se régale ;
Ses immenses guérets, à l'homme consacrés ;
Les lins bleus, les blés roux, et ces champs diaprés,
Nourrissant, et l'amande, et la pomme vineuse,
La noix lente à durcir, la châtaigne épineuse,
La figue dont l'abeille aime à pomper le miel,
Et mille fruits qu'échauffe ou qu'arrose le ciel :
Là, sous les blonds genêts, la lande solitaire,
D'un opulent gibier peuple, au besoin, la terre.

Et le marais n'est-il qu'un limoneux bourbier,
D'hydres et de crapauds, épais et froid vivier?
Un réceptacle impur de têtards, de reptiles
Et d'atômes fiévreux empoisonnant les villes?
Là, croissent toutefois les saules argentés,
Les flexibles roseaux des brises visités,
Les nénuphars fleuris, aux larges broderies,
Et les tourbes, ces noirs trésors des industries :
Les pluviers, les hérons piétinent dans ses eaux,
Et, la nuit, leurs vapeurs recèlent des flambeaux.

Ainsi, monts ou marais ont leurs beautés naïves,
Et la plaine est fertile en richesses natives ;
Mais ne demandez pas au limpide torrent
De chanter aux bas-fonds que fouille un cormoran ;
Ne cherchez point l'orange où, fatiguant ses ailes,
L'aquilon fait pleuvoir les neiges éternelles;
Où le froment fleurit, ni les marbres, ni l'or,
Ni jaspes, ni rubis n'ont caché leur trésor :
La nuit les engendra du souterrain leur père,
Et pour les lui ravir, il faut briser la terre!

Les poissons aiment l'onde et l'abeille le thym ;
L'alouette fredonne aux fraîcheurs du matin ;
Les moucherons légers dansent au crépuscule ;
L'orfraie attend la nuit pour quitter sa cellule,
Et c'est aussi le soir, quand le taureau s'endort

Dans le gourbi muet, que le lion le mord.
Lorsqu'à Paris la Bourse en hurlements s'exhale;
L'Espagne, pour la sieste, en un pliant s'étale,
Et l'Arabe qu'enflamme un ciel incandescent,
Aime à braver ses feux sur un cheval puissant.

O rêveurs, plus subtils que le maître suprême
Qui souda chaque objet à l'élément qu'il aime;
Qui mit en orient la perle et l'Effendi,
Qui rend stérile au nord ce qu'il sème au midi,
Mais dont l'art équitable, avec bonté s'applique
A prodiguer au nord ce qui manque au tropique;
O rêveurs, qui mêlez ce que Dieu sépara,
Qui le mêlez si bien que Dieu même perdra,
(S'il permet plus longtemps vos ineptes ravages,)
Le sublime secret de ses divins ouvrages!

O rêveurs, il vous faut un monde compassé,
Dans votre moule étroit, clos et cadenassé:
Que l'homme ne soit qu'un et l'humanité qu'une;
Que la terre n'ait rien que n'ait aussi la lune;
Que le nègre soit blanc par force ou par raison;
Que tout réflète enfin votre sotte maison!
O rêveurs, sachez donc qu'une feuille éphémère,
Celle que vous touchez, de toute autre diffère;
Que l'ordre a du caprice en sa diversité,
Et que la sœur du laid, c'est l'uniformité!

O rêveurs, vous semez l'orge sur les ruines,
Mais qu'en surgira-t-il, qu'une moisson d'épines ?
Dans l'algue des étangs vous tentez le raisin,
Vous pourrirez vos ceps, vous n'aurez point de vin
Hommes libres, souffrez la liberté des choses!
Des sordides chardons n'exigez pas des roses,
Et que puissent Maltais, Chinois, Turcs ou Lapons,
Vivre selon leur trempe, exempts de vos leçons!
Le lys a ses besoins, le buisson sa nature,
Et ce n'est qu'à ce prix que lys ou buisson dure.

        Juin 1868.

UN HOMME A PENDRE.

Mettez-moi cet homme au gibet,
Lequel se prétend fanatique
(Passé trente ans) en politique,
Et, de songes creux, tient boutique :
Ce n'est qu'un fourbe, s'il vous plaît.

L'HOMME COMMODE.

Comment vis-tu ? — Je vis ; lorsque ce jour m'a fui,
Je souhaite un demain qui soit comme aujourd'hui.

ISOLEMENT ET RESSOUVENIR,

D'APRÈS FÉTRARQUE.

« Alma felice. »

Ame qui m'apparais, plus douce que l'aurore,
Pendant ma nuit dolente ; esprit consolateur,
Regard surnaturel, ineffable splendeur
Que, dans tes yeux éteints, la mort respecte encore,

Oh ! que je sais priser ta céleste faveur !
Je revois tes beautés où je les vis éclore ;
Mais, où chantait pour toi ma fidèle mandore,
A l'hymne de l'amour a succédé le pleur :

Je pleure, non sur toi, satisfaite et sereine,
Mais, saturé d'exil, obéré de ma peine,
  Je pleure mon tourment ;

Et, dans mes âpres nuits, mon seul allégement
C'est de voir, dans ton ombre, une image lointaine
De ce qui fut tes traits, ta voix, ton vêtement.

  Mai 1872.

L'IMPIE.

Contre le ciel tes cris sont forcenés ;
Tu veux l'abattre et tu cueilles à terre,
Pour la jeter à Dieu, plus d'une pierre :
O maître sot, la stupide colère !
Car le caillou retombe sur ton nez.

A LA GAULE.

Vieille Gaule au grand cœur, c'est toi qui, la première,
Des Alpes sus franchir la neigeuse barrière
Et fis dire aux Romains, qu'effrayait ton début,
Qu'à toi seule ils devaient disputer leur salut.

Nul de tes combattants, en mordant la poussière,
N'eût su trahir l'orgueil de sa face guerrière :
Le glaive dans la main, terrassés par le sort,
Tous gardaient leur menace et vivaient dans la mort.

Quand le monde parut lassé du Capitole,
Du peuple-roi, toi seul, osas saisir le rôle :
Le Barbare sentit, puis adora ton frein :

De la guerre et des arts, dès lors, tenant école,
Seule tu fis briller, sous ta double auréole,
L'éloquence du Grec, la valeur du Romain.

Avril 1866.

LA PÉROREUSE.

Certain jour à son cher époux,
Telle femme, aimant les harangues,
Disait : Le turc me paraît doux,
L'apprendrai-je? Dites-le nous.
— Ciel! quand on parle autant que vous,
Fit l'autre, à quoi bon d'autres langues?

ANXIÉTÉ.

« Sa candeur l'embellit. »

V. HUGO.

Quand l'œil a trop longtemps arrêté sa paupière
Sur l'astre qui répand d'incandescents rayons,
Tout lui devient vermeil, sur l'eau, dans les sillons,
Tout s'empreint de ta flamme, ô divine lumière !
Pour lui, la ronce est pourpre ; et rose, la poussière ;
L'aurore teint pour lui les bois, les horizons...
Et moi, lorsque longtemps (jamais trop) j'ai vu celle
Que mon cœur a choisie et qui brille si belle,
Si belle, qu'on ne peut rien contempler aux cieux,
Rien, dans l'immense azur, qui soit plus radieux,
Mon cœur, tout ébloui de l'image charmante,
Ne voit qu'elle, et, partout suit cette étoile errante,
Rêve sous sa lueur, puis s'endort, enchanté,
Dans le brun crépuscule empreint de sa beauté,
Et la retrouve encore, à l'aube transparente,
Comme le pâtre, au soir, couché vers ses troupeaux,
S'assoupit quand Vesper brille sur les roseaux,
Et puis, au frais du jour, quand le roseau soupire,
Voit les feux de Vénus, sur les prés verts, reluire.
Ainsi suis-je moi-même ; ainsi, toujours, mes yeux,
Incessamment troublés d'un âpre et long délire,
Suivent, heureux captifs, leur astre impérieux :

Je vous vois d'une rose, en vos cheveux, parée,
O Marthe, je discerne une teinte nacrée,
Comme une aube sereine, illuminant vos traits;
J'entends le doux parler et le sourire frais
Qui tressaillent, si purs, en votre bouche aimable.
Mais chut!... Aimons tout bas ; mes vers, soyez discrets;
Les bonheurs les plus sûrs, ce sont les plus secrets;
Marthe, parler de vous trop haut, serait coupable :
Mais tairai-je qu'hier (ô moment ineffable!)
Près de vous, par faveur, assis en un coupé,
Dans cet Eden roulant je me suis occupé
De vous dire — oh! bien mal — à quel point je vous aime?
Mon bonheur, cependant, alors, était suprême :
Sous le voile léger ombrant votre regard,
Votre peau de satin semblait plus blanche encore;
Sur vos lèvres flottaient les teintes de l'aurore,
Et votre taille mince, ornant le coin du char,
De tissus aux plis fins mollement entourée,
Me rappelait comment, rêveur à la vêprée,
Souvent j'ai vu l'oiseau, sous son rameau fleuri,
Loin des sables poudreux, des ronces; à l'abri
De l'onde et du soleil ; sûr, en son tiède asile,
Jeter au promeneur un cri lent et tranquille,
Tandis que son plumage, à la brise ondoyant,
Semblait un épi frêle effleuré par le vent.
Vous rappeliez encore, ô ma belle songeuse,
Cette reine des nuits, lucide et vaporeuse

8

Dont les rayons épars, sur le saule argenté,
Sèment, en blanche opale, une ombreuse clarté,
Laquelle, des rameaux, s'épanchant sur une onde,
En réseaux étoilés tombe dans l'eau qui gronde.
Marthe, combien j'étais ravi de savourer
L'intime enchantement éclos de tant de charmes,
Et que peu s'en fallut que mon œil n'eût des larmes,
Quand je vis le coupé, seule, vous emporter !...
Oui, c'était de beautés, de trésors, tout un monde
Qui s'envolait, ô Muse, et ma douleur profonde,
Pour lamenter sa peine, après ce court bonheur,
Tout bas vient, en tremblant, le dire à votre cœur :
O Muse des amours, accorte messagère,
Couronnez votre front, et, d'une aile légère
Allez vers sa demeure ; allez, et jurez-lui
Qu'avec son doux regard tout mon bonheur a fui ;
Que je ne fais qu'un rêve : espérer sa présence ;
Qu'elle est plus que ma vie, et qu'enfin son absence
Dont je saignais hier, me torture aujourd'hui.

16 Mai

AU VILLAGEOIS.

Veux-tu voir s'arrondir ton champ
Et n'acheter rien d'inutile ?
Ne va que rarement en ville,
Et n'entre pas chez le marchand.

UNE CRISE.

« Si repletæ fuerint nubes, imbres
profluere. »

LA BIBLE.

Combien j'étais fâché ! Je ne puis l'exprimer.
Quel crime était en moi, que de vous trop aimer,
Ingrate, femme vaine et de beauté pourvue,
Mais froide, et tout au plus merveilleuse statue ?
Je me disais cela ; j'en disais plus encor,
Lorsqu'un soir, radieuse, entre les fleurs et l'or
Et le splendide éclat des lustres, des bougies,
Et mille fronts charmants, noyés de pierreries,
Je vous vis : près de vous, de rapides essaims
De cavaliers tournaient, promenant leurs desseins
De voir et d'être vus, de briller et de plaire ;
Et moi, je m'occupais de ma seule colère.
Combien j'étais fâché ! Car vous étiez, ce soir,
Méchante, j'en conviens, prestigieuse à voir.
D'autres amoncelaient les perles, les dentelles,
La moire et les satins traînants, pour être belles ;
Sur leur cou rayonnaient saphirs, émaux, rubis ;
A leurs bras ronds et blancs, des ornements exquis
Tournaient avec caprice, en spirales charmantes,
Et l'on disait tout bas : Qu'elles sont élégantes !
Même vingt officiers, brodés d'or et d'argent,
Tout fiers de leur épée et de tel agrément

Viril, accentuant leur vaillante figure,
Pour mieux vaincre prenaient mainte et mainte posture :
J'en riais; car, pour moi, je ne songeais qu'à vous.
Oui, mais vous voir si belle aiguisait mon courroux.
Coquette, savez-vous que vous étiez divine?
Où donc aviez-vous pris tant de grâce enfantine?
Où, ce galbe si pur, ces cheveux ondulant
En riche ébène et sans le plus humble ornement?
Où la robe de gaze et de neige, pareille
A l'aile transparente et fine de l'abeille,
Aussi fraîche que l'aube et tremblant sur vos pas
Comme, au souffle d'avril, frissonnent des lilas?
Et rien sur cette gaze, à part quelques parcelles
De rubans nués d'or, semés en étincelles
Sur cette vapeur blanche autour de vous nageant :
Mais qu'un éclat si doux me semblait outrageant !
Pourquoi si ravissante? Oh ! répondez, cruelle,
Pourquoi, quand je souffrais, parûtes-vous si belle?
Pourquoi, dans vos propos, ces pétillants souris?
Pourquoi ces airs contents, par mes regards surpris?
Pourtant — l'ai-je rêvé, dans mon inquiétude? —
En vos yeux surnageait quelque sollicitude ;
Et quand, l'un près de l'autre, en deux fauteuils assis,
D'une fête chez vous, vous me donniez l'avis
En me priant d'en être, et que mon âme fière,
Par un refus couvert, caressait sa colère,
Votre œil eut un éclair pâle ; et, quelque douleur

Parut sur votre front, comme blémit la fleur
Dont la bise ou l'insecte ont mordu le calice,
Quand sa fraîche corolle, en frissonnant, se plisse.
Me trompai-je? (Oh! pardon pour ma témérité;)
Mais je vous aimais tant, que je l'ai souhaité;
J'ai souhaité vous voir troublée, et puis moi-même
Le croyant, j'en fus pris d'une amertume extrême:
Oui — soit erreur ou non — ce visage charmant,
Mais troublé, mais touché, devenait mon tourment;
Tout mon cœur en saignait; et, la nuit survenue
Toute pleine d'amour, m'apporta votre vue.
Ecoutez bien ceci: c'était moi, ce fut vous;
Nous étions seuls; chez vous, chez moi, plus de courroux;
Vous pleuriez, je pleurais; ce fut vous, la première,
Qui me disiez: « Tantôt, pourquoi cet air sévère? »
Et je vous répondais: « Mais vous l'avez voulu;
« Que nous serions heureux, si je vous avais plu! »
Et nos lèvres alors, oui, nos lèvres fiévreuses
Etanchèrent longtemps des soifs prodigieuses,
Et vous murmuriez, chère: « On ne fait pas toujours,
« Ami, ce que pourraient préférer les amours;
« Comprenez-vous?... Allons! douceur et patience. »
Mais alors, ange aimé, perdant votre présence,
Et cette voix si tendre, et ces baisers si doux,
Je voulais et ne pus mouiller vos deux genoux.
Le tumulte du jour avait chassé l'aurore,
Et ce rêve si court, moi, je le pleure encore.

8.

Me pardonnerez-vous un délire emprunté,
Par un excès d'amour, à ma crédulité?

22 Mai.

EXTASE,

D'APRÈS GOETHE.

Amour! amour!.. oh! que m'est chère
La tendresse du bien-aimé!
Tout mon cœur en est parfumé.
Que m'importe, ici le mystère!
Je m'en vante, j'aime à lui plaire.
Ma faute, oh! non, je suis sincère,
Ma faute n'est point mon effroi;
Je la voulus, je la révère...
Quelle torture que la loi
D'aimer et de sembler sévère!
Non, possède-moi tout entière;
Car, n'es-tu pas digne de moi,
Doux maître, et moi, digne de toi?

Juin 1872.

REMERCIMENT POPULAIRE.

Que je donne beaucoup ou peu,
Si je donne ce qui s'achète,
Mon cas, ce me semble, est honnête :
Que puis-je gagner à ce jeu ?
C'est moi que doit gruger la fête;
Et, lorsque pour autrui l'on quête,
Si j'offre, je mérite mieux
Que tel propos injurieux.
— Très-bien ! pourtant, n'attendez guère
Que gros mots du peuple en colère.
Quand il a faim, gare ses coups !
S'il veut entrer, mort aux verroux !
Mort aux volets ! mort à la grille !
Ce qu'on lui refuse, il le pille ;
Lors, le meilleur est de céder
Ce qu'il lui plaît de posséder.
C'est ce que fit monsieur Jérôme
Au temps où l'on emprisonnait,
Où même l'on décapitait
Tout marchand qui n'était pas homme
A révérer bas, du bonnet,
Tel gredin qui l'importunait.
Un jour donc, à bout de constance,
L'épicier Jérôme s'avance

Jusqu'à jurer qu'il donnera
Gratis, café, sucre, cannelle,
Pruneaux, citrons, sel, vermicelle
A quiconque l'en requerra.
Si je dis que sa clientelle
Fut sans rivale, on m'en croira.
Vers sa boutique on s'amoncelle ;
Et lui, de mettre sa cervelle
A suer, pour qu'on soit content...
Sans payer, on reçoit comptant ;
Chacun prend ce qu'on lui délivre :
L'un, plus d'un cent ; l'autre, une livre.
Il les sert tous, croquants, bourgeois,
Tel, au moins une, et tel, deux fois ;
Lorsqu'une vieille, une mégère,
Jugeant sa livre un peu légère,
Glapit de sa plus fière voix :
« Oh ! le traître il donne à faux poids ! »

    Décembre 1873.

HUMEUR.

Mon Dieu, vous me futes propice
En m'épargnant tel ou tel vice,
Telle infirmité, tel travers ;
Mais pourquoi donc fais-je des vers ?

MÉTEMPSYCOSE.

« Du tombeau d'Anytus il sort une ciguë. »

V. HUGO.

Qu'un autre aime à chanter le prodige du monde,
Comment la terre flotte en l'abîme de l'air,
Comment le globe entier est enserré dans l'onde,
Comment les feux secrets que recèle l'éther
Retentissent en foudre ou luisent en éclair ;
Enfin, comment, du ciel, la vaste architecture
Soutient l'intensité de l'immense nature,
Oh ! j'ai d'autres pensers !... Eh ! que m'importe, à moi,
Marthe — mon doux tourment — tout ce qui n'est pas toi ?
Pour mes chants, quel bonheur si ta lèvre charmante
Murmure leur cadence ou fière ou caressante,
Ou si, d'un seul d'entre eux, tu dis : Ce vers me plaît !
Je ne sais quel rêveur a surpris le secret,
Dit-il, du changement illimité des choses :
Nous naîtrions voués à cent métamorphoses,
Et je sais tel esprit grave qui croit cela.
Je me borne à penser que Dieu nous le céla :
Je souscris au destin, tel quel, qu'il nous prépare ;
Mais que, de mes printemps, son décret soit avare
Ou qu'il laisse mes ans, de détours en détours,
Ternes, mornes, riants, s'oublier en leur cours ;
Que ma dépouille morte, en peuplier se dresse,

Ou, qu'en ronce avilie elle erre avec tristesse ;
Qu'elle imite le saule en ses pliants contours ;
Que je sois un reptile, un léopard, un ours,
Ou bien que, sur les mers (invisible nacelle)
Je fende l'air fluide, en furtive hirondelle :
Que je sois le bélier, que je sois le taureau,
Le prince, le rempart et l'orgueil du troupeau ;
Que mille ans aient pétri ma fragile matière,
Qu'ils aient changé, cent fois, ma vivante poussière,
Ce qu'ils ne pourront pas, c'est, m'ôter mon amour ;
C'est, suspendre le rêve aimé de ton retour ;
C'est m'interdire, en toi, de chercher ma lumière;
C'est... oh ! crois-en mon cœur, mon amante première,
C'est de dire : « Je t'aime, ainsi qu'au premier jour. »

Juin 1872.

UN BRUTAL.

Tu vis pour la géométrie,
Pour l'algèbre, pour l'industrie,
Toi qui saurais toucher un cœur...
— Comment donc ! Je ferais la chasse
De caillette ou bien de bécasse,
Gibier que prend qui le pourchasse,
Le chien, quand ce n'est le chasseur?

LE FAROUCHE DISSIDENT.

Le fier-à-bras, l'irréconciliable,
Est, au besoin, souple et très-maniable :
Oui, s'agit-il d'attraper tels gros lots,
Républicains savent pencher leur dos ;
L'histoire en est vieille et toujours nouvelle,
J'en sais un cas récent et très-fidèle :
Un peu par brigue, un prince italien,
Devenu roi du peuple ibérien,
Dans son Madrid venait au bruit des armes,
Faire sa montre avec de beaux gendarmes
Et force gens, plus matois que soudards,
Qu'en certains lieux on a nommé mouchards.
Le peuple était debout parmi les rues,
Grave et muet, ainsi que ses statues,
Et l'on parlait de maint coup projeté,
Traître et sanglant, contre le roi fêté...
L'Espagne sait menacer les altesses,
Tout comme nous, mais tient mal ses promesses ;
C'est qu'il est vrai qu'en soulevant son bras
Pour accomplir ce que Dieu ne veut pas,
Son coup se manque, et qu'elle en serait sotte,
N'était qu'au reste, un malheur n'est pas faute,
Et qu'un méfait peut se recommencer :
Or, l'Espagnol, trop froid, peut s'en lasser.

Cette fois donc, comme un roi de manége,
Venait l'intrus flanqué de son cortége,
Et, sur ses pas, le palais s'entrouvrait,
Lorsque un Brutus : « Mon tromblon, s'il te plaît,
« Ma femme, allons ! vite ! que je le tue !
« — Il est trop tard ; aurais-tu la berlue ?
« Le Sire est clos et sauf, en son château.
« — En ce cas donc, porte-moi mon manteau,
« Dit l'enragé dont le front se déplisse,
« Que j'aille au moins complimenter son suisse ! »
Par ce canal, cet homme au cœur bouillant,
De conjuré, se put voir chambellan.
Ce tour fut fait, (comme je le publie,)
Sorti de France ou transmis d'Italie...
Etre Brutus et chambellan, ma foi
C'est fort commun ; qui le sait mieux qu'un roi ?

Juin 1871.

MORPHÉE ET L'AMOUR.

Morphée, oh ! que tu perds ta peine
A m'assommer de tes pavots,
Puisqu'au tintin de ses grelots,
L'Amour fait frissonner ma veine
Plus qu'un vent frissonner les flots !

DESTINÉE DES FLEURS.

« Novæque pergunt interire lunæ. »

HORACE.

Chaque mois a ses fleurs... Oh ! le riant mystère
    Par lequel brillent, pour nos yeux,
Ces joyaux délicats qui décorent la terre ;
    Ces enfants de l'air et des cieux.
Leur nombre est un trésor, non pas une cohue,
    Et c'est au trépas d'une fleur,
Que doit sa jeune sève, une fleur ingénue ;
Celle qui disparaît, soudain nous est rendue ;
    La sœur vient remplacer la sœur.

Quand l'herbe inerte dort sous un linceul de givre,
    La rose de Noël fleurit ;
Son large et fort tissu, d'aigres frimas s'enivre,
    Son calice blanc leur sourit :
Et, comme elle, pendant que sur la terre encore
    Gît le manteau de Février,
Le perce-neige, ainsi qu'une timide aurore
Des fleurs que les rayons de Mars vont faire éclore,
    Résiste à l'autan meurtrier.

Puis, vous poussez, à flots, violettes gentilles,
    Fraîches étoiles du printemps ;
Vous lilas parfumés, primevères, jonquilles,
    Bleus iris l'honneur des étangs.

9

Puis vous, monde infini, monde embaumé des roses ;
Puis, vous qui fermez l'an quand vous êtes écloses,
Et que longtemps l'automne en ses mains tient encloses,
    Verges d'or, l'adieu des jardins.

Tandis qu'en vos réduits, vous, tissus éphémères,
    Ornements des bois, des guérets,
Narcisses, liserons, safrans, pâles bruyères,
    Légers coquelicots ou genêts,
Pâquerettes, fraisiers, lys agreste ou pervenche,
    Frêles bluets, frais églantiers,
— Que le printemps s'exhale ou que l'hiver s'épanche —
Vous, quand sur l'herbe aride une autre herbe se penche
    Vous refleurissez nos sentiers.

Vous parez les rochers, les sables, les argiles
    Et la lande, et les froids marais,
Et les sombres ravins, et les pentes faciles
    Des coteaux onduleux et frais ;
Vous brillez sur le mur grisâtre et solitaire,
    Sur les cimes au front vermeil ;
Vous étoilez des morts l'asile funéraire,
Vous savez vivre d'onde, ou humer l'ombre austère,
    Ou bien, respirer le soleil.

Qui vous donna tant d'art ? qui dota votre vie
    De si mystérieux ressorts,
O fleur, de tant de fleurs incessamment suivie,

Monde de suaves accords ?...
C'est celui dont le bras étayant les montagnes
    De marbres durs et précieux,
Leur donna les forêts, les neiges, pour compagnes,
Qui fit ondoyer l'herbe en nos fraîches campagnes,
    Et pendit les astres aux cieux.

O fleur, la blonde étoile en sa course éthérée,
    Ainsi que vous, a son matin ;
Comme vous, elle s'use, et sa splendeur sacrée
    Connaît les mépris du destin.
Le soleil l'engloutit et l'ouragan l'outrage,
    Phébé brille pour l'obscurcir :
Comme en vous, sa beauté cède aux assauts de l'âge
Et n'est plus qu'un débris qui, tombé d'un nuage,
    Luit, un dernier jour, pour mourir :

Et l'homme, ainsi que vous, n'a qu'un jour éphémère,
    Son aurore est près de sa nuit :
Sa vie est éclatante, ou sourde et solitaire,
    Selon l'astre qui la conduit...
Un homme naît soudain, quand un autre succombe
    Illustre, obscur, méchant ou bon ;
Oh ! qu'ainsi que la rose ou que l'étoile tombe,
L'éclat ou le parfum recommande la tombe
    Où la mort inscrira mon nom !

    Août 1868.

ABSENCE ET RESSOUVENIR.

Un regard de tes yeux tombé sur ma paupière,
Un souffle de ta bouche, un sourire, un baiser,
Cette douceur profonde est pour moi la première ;
Qui connut ce bonheur, que pourrait-il priser ?

Ami, je veux rêver à cette heure dernière
Où ton cœur, sur le mien, sut encor l'attiser.
Le jour a beau rouvrir ou clore sa carrière,
Sans toi je ne puis vivre, et, sans toi, reposer.

« Mon amour, mon enfant ! »—Oh ! ce tendre murmure,
Cet attrait de ta voix me gâtait, à mesure
        Que croissait mon ardeur :

Et ce chuchotement qui me disait : « Je t'aime, »
A mes yeux comme aux tiens m'embellissant moi-même,
        Me sacrait mon bonheur !

        Avril 1872.

DIFFICULTÉ.

Couronne, on peut te façonner :
L'or est choisi, la perle est prête ;
Mais ce qu'on sait mal te donner,
C'est ce qui te porte... une tête.

LES DEUX LIONS.

Le lion de Gérard n'est pas fort débonnaire ;
Il attaque un gourbi lorsque la faim le tord ;
Là, son mufle est puissant, sa patte est sanguinaire,
Et tout ce que la bête attaque ou touche, est mort.

Le lion de Gautier ([1]), dans un pâle ossuaire
Se blottit comme un spectre habillé par la mort ;
Et les passants, touchés de son air funéraire,
Se penchent pour qu'il les éventre sans effort.

Jean La Fontaine a fait l'histoire assez lutine
De ce croqueur de rats, contrefaisant la mine
D'un pendu qui n'était qu'un dangereux pendard ;

Il mit beaucoup de sel dans un peu de farine :
Gautier nous mijota l'insipide canard
D'un sultan de l'Atlas grimaçant Rodilard.

      Février 1873.

FAIBLESSE.

Quoi ! cette brune, mon bonheur,
Serait trompeuse comme l'onde ?
— Dieu ! s'il faut perdre mon erreur,
Que ce ne soit qu'en l'autre monde !

([1]) Voir le *Parnasse contemporain*, p. 3.

LUNE ET CALENDRIER.

Astre capricieux, Lune notre voisine,
Qui changes si souvent ta face féminine
Et qui parcours les cieux si fort, que le soleil
Même en suant, ne peut suivre ton pied vermeil ;

Qu'on te surprit de fois trompant, à la sourdine,
Tel peuple assez benin pour en croire ta mine
Et vouloir que les mois, pendus à ton orteil,
Revinssent, avec toi, de la mort au réveil !

Aristophane, un jour, envoya ses *Nuées*
Se plaindre aux Athéniens de tes billevesées ;
Leurs almanachs s'étaient brouillés avec les cieux :

Les fêtes retardaient, boitaient, et quand les dieux
Attendaient leur régal de bœuf ou de génisse,
On ne leur offrait pas même du pain d'épice !

Mai 1866.

QUESTION.

Quand je dors, oh ! c'est bien pour moi,
Pour ma santé que je sommeille ;
Quand je compose et que je veille,
Pour qui donc le fais-je ? et pourquoi ?

A BEAUMARCHAIS

« Ma vie est un combat, » disais-tu ; mais, quel homme
Soutint mieux ce combat et vainquit mieux, soit comme
Pamphlétaire, écrivain, dramaturge, ou plaideur,
Artiste, financier, homme de cour, frondeur ?

Tu créas Figaro, don Bartholo, Suzanne,
Martine, Chérubin, Bazile et ce maître âne,
Le bègue Brid'oison, dont jamais le soleil,
Quoiqu'il soit vieux pourtant, n'entrevit le pareil.

Fut-ce tout ? Tu fis plus ; tu répandis ta flamme
Sur Mozart qui, mourant, sut retenir son âme
Pour mettre en chants divins ton esprit rajeuni.

Ton combat fut celui d'une vaillante lame :
Il te manqua pourtant ce bonheur infini,
D'entendre ton *Barbier* traduit par Rossini.

Décembre 1865.

SURABONDANCE.

Quand Legouvé pour la femme harangue,
S'il pleure et dit : « Combien maigre est son lot ! »
Je lui résiste et dis qu'elle a du trop.
— Du trop ! quoi donc ? — Mais, c'est fort clair ; sa langue.

LE CAPRICE DES RÊVERIES.

A mon ami monsieur le conseiller d'Aiguy.

> « Voulez-vous prendre un oiseau,
> ne l'effarouchez pas. »
>
> PROVERBE.

Raymond, bien des mortels chérissent la nature,
Mais que de goûts divers il convient qu'elle endure !
Le penseur s'intéresse à son obscurité ;
L'homme des champs sourit à sa fécondité ;
L'artiste et le rêveur guettent ses paysages,
Ses moindres riens ; tous sont ou se croient sages.

I

La matière est inerte, elle tend au repos ;
L'esprit fait pour penser, n'aime que les travaux :
Pensons ! se dit tout bas l'orgueilleux philosophe ;
L'infini, l'inconnu, l'obscur, voilà l'étoffe
Que Dieu tailla pour l'homme et qu'il faut conquérir
Si, dans sa majesté, l'homme veut resplendir :
Pour le grand, pour le vrai, l'âme surtout s'agite ;
L'abaissement l'indigne et le doute l'irrite.
« Quoi ! je vis, dit le Sage, en ce vaste univers
« Qui roule en tourbillons dans l'abîme des airs ;
« La foudre est moins rapide, et je reste immobile !

« Et tout, autour de moi, végète ou vit tranquille !

« Ce lac est un miroir serein, toujours uni :

« Pourquoi donc, chaque jour, vers le ciel infini

« L'Océan monte-t-il ? Et puis, en sens contraire,

« Pourquoi semble-t-il fuir au centre de la terre ?

« Pourquoi, pendant la nuit, ses flots phosphorescents

« De mille jets de feu sont-ils resplendissants ?

« Ou bien, de purs rayons quand le ciel étincelle,

« Pourquoi, sans nul éclair, la foudre gronde-t-elle ?

« D'où vient que dans l'hiver luisent en même temps

« La neige et l'incendie au faîte des volcans ?

« Je vois tomber des cieux une pierre enflammée :

« Comment s'est-elle éteinte ? où s'est-elle allumée ?

« Que fut ce bloc ? Etait-ce un rayon de soleil,

« Un nuage, un débris de quelque astre vermeil ?

« Dans un ordre savant, rasant, rompant les nues,

« Où vont ces escadrons de cygnes ou de grues ?

« Quand novembre est venu, d'où naît au firmament,

« Des nocturnes flambeaux l'étrange mouvement ?

« Pourquoi, quittant leur voûte et déchirant leurs voiles,

« Tombe-t-il, de l'éther, comme un torrent d'étoiles ?

« Qui fait trembler la terre ? Et pourquoi, de ses flancs,

« S'ils tressaillent, sort-il des sables, des étangs,

« Des rochers, ou des feux ; ou bien, de ces cratères

« Où tombent temples, tours, hameaux, cités entières,

« Pourquoi, durant les nuits, ces follets enflammés,

« De vermillon, d'azur, ou bien d'ocre formés,

« Courent-ils les marais, effleurent-ils les grèves?
« Pourquoi surgissent-ils sur la pointe des glaives,
« Sur le cimier du casque, ou bien, sur les faisceaux
« Dressés par le soldat qui suspend ses travaux?
« Mars, Jupiter, Vénus, qui luisent sur nos têtes,
« Sont-ils peuplés? Sont-ils de stériles planètes?
« Ou bien, dans leurs cachots, leurs Edens inconnus,
« Les bons goûteront-ils Jupiter et Vénus,
« Tandis que les méchants, rivés à leurs complices,
« Épuiseront de Mars la honte et les supplices?
« Et là, quels châtiments? Les frimas, ou les feux?
« Et notre enfer moderne est-il voisin des cieux? »
Le Penseur continue et dit : « Comment ce monde
« Vécut-il? D'où lui vient sa variété féconde?
« Est-il né de la flamme? Est-ce un produit des eaux?
« Comment, sous quel aspect, s'échappant du chaos,
« Tenta de végéter la masse qui nous porte?
« Des reptiles géants l'effroyable cohorte,
« Des mammouths colossaux furent-ils donc, d'abord,
« De l'aveugle nature un monstrueux effort?
« Nos arbres n'étaient-ils alors que des fougères?
« Le singe eut-il ses bois, l'ours eut-il ses tanières
« Avant l'homme, avant que ce roi de l'univers
« Y naquit pour mourir la pâture des vers?
« Mystères ! songes vains ! Reviens, ô ma pensée,
« Reviens, sans désespoir, mais un peu rabaissée,
« A de moindres objets encor trop grands pour toi !

« Sais-tu par quel ressort, quelle invisible loi,
« Même sur le rocher, une graine envoyée
« (Jeu de l'onde ou des vents) y fera sa trouée,
« Y plantera sa tige; et, pour mieux étaler
« Ses pousses, contraindra la pierre d'éclater?
« Me diras-tu comment une substance aqueuse
« — Sa sève — peut durcir; puis, devenir ligneuse,
« Repousser et subir, mais émousser le fer?
« Par quel miracle obscur de la terre et de l'air
« D'un fétu peut sortir, ici, l'épine acerbe,
« Là, les roses; plus loin, les joncs, l'iris et l'herbe?
« Comment le même sol unit, sans le savoir,
« Des enfants si divers étonnés de s'y voir?
« Qui me dira comment, sur l'Océan poussée,
« Par le fer, sous les eaux voyage ma pensée?
« Comment d'un monde à l'autre on fait pleuvoir des mots,
« Comme la foudre seule y jette ses carreaux?
« Ou bien, sans nul crayon, mais docte à sa manière,
« Comment, avec tant d'art, la rapide lumière
« Exprime notre image? Enfin, par quel secret,
« Un rayon du soleil m'apporte mon portrait?
« Oh! le monde est un sphinx!... il est peuplé de choses
« Qui montrent leurs effets, mais en célant leurs causes.
« Peut-être un jour!... Qui sait? » Ainsi dit le savant:
Plus il médite, et plus il se trouve ignorant;
Un doute qu'il résout engendre mille doutes.

II

Combien l'homme des champs suit de plus simples routes !
Que ce globe soit rond, mince, large ou carré,
Peu lui chaut... Sur ce point, il en croit son curé.
Que lui faut-il, pour vivre ? une terre fertile ;
Et, si son âme est triste, il ouvre l'Evangile.
Dans ce livre divin, des maux laissant le faix,
Où ses pères puisaient, il puise aussi la paix.
Après tout... bien portant, chez lui tout l'intéresse ;
Il est trop occupé pour sentir la tristesse :
Occupé ! croyez-m'en, jamais législateur,
Ministre, député n'eurent tant de labeur.
Je n'aurais jamais dit ce qu'il faut qu'il rumine..,
Voyons... le ciel a-t-il bonne ou mauvaise mine ?
Le nuage est-il haut ou bas ? ou blanc ou noir ?
La veille, la grenouille a peu chanté le soir ;
L'hirondelle rasait la terre, et puis, sa plume
Du ruisseau bondissant semblait chercher l'écume ;
L'abreuvoir des moutons était presque tari ;
L'importune corneille obsédait de son cri ;
Sans brise dans les airs, sans souffle en sa ramure,
La forêt frémissait d'un vague ou long murmure ;
Le trèfle hérissait sa feuille, et sous ses flancs
La carpe tourmentait la vase des étangs :
Surtout, d'un faux éclat luisant sur les feuillées,
Les étoiles mouraient d'âpres vapeurs noyées ;

La lune était malade; et, dans le firmament,
L'ombre faisait rougir son visage charmant.
Quand le souper cuisait, les flammes étaient pâles;
Les prés étaient brumeux, et muets de cigales;
Dès l'aube, le soleil est lourd, presque cendré;
De suspectes couleurs son orbe est diapré,
Sa lumière s'allonge en colonnes cuivreuses;
L'orient est chargé de vapeurs dangereuses :
— « Jacques, ne sortez pas mes brebis ce matin.
« Que deviendront mes fruits? quel sort aura mon lin?
« Mes blés étaient si drus et ma vigne si belle!
« Si du moins sur mon bois pouvait crever la grêle! »
Et ce souci d'un jour fera, comme un tyran,
Trembler plus d'une fois notre homme au cours de l'an :
Mais ces courtes frayeurs vont où va le nuage
Fugitif, et montrant, sans le verser, l'orage.
L'agronome le sait, et lassé de prévoir,
C'est au faîte des cieux qu'il suspend son espoir :
Il a raison; celui qui créa le tonnerre
Le fit pour féconder, non pour broyer la terre,
Et lorsqu'il astreignit l'homme à ses durs labeurs,
Ce fut, non pour tromper, mais payer ses sueurs.

Oh! que l'on sue aux champs! que le travail y dure
A suivre, à seconder, à vaincre la nature!
Voici la Saint-Martin; un reste de soleil
Du laboureur encore éclaire le réveil :

A l'œuvre ! il ne pleut pas ; il faut que la charrue
Pour tracer les guérets, et grince et s'évertue ;
L'oiseau court avec l'homme ; et, quand le métayer
Pour l'ouvrir au soleil rend le sol plus léger,
Autour des bœufs on voit mésange et lavandières
De larves et de vers gaîment purger les terres :
Mais semer n'est pas tout, il faut encor planter ;
Il faut que l'arbre éteint puisse ressusciter,
Or, l'amande, les coings à la saveur amère,
Et l'orme et le tilleul — grâce à la pépinière —
Mille arbres, mille fruits, comme eux dans un enclos,
Préparent leur essor en un tiède repos,
Pourvu que l'on y songe, et que maintes cultures
Soutiennent sauvageons, plants, greffes et boutures.
Et le bétail !... il meurt, il faut le raviver.
Brustaud, mon bœuf de bronze, où donc te retrouver ?
Ta tête était si large, et ta corne luisante
Tranchait si fièrement sur ta nuque puissante !
Ton fanon retombait jusque sur tes genoux ;
Ton poitrail fut si fort, ton œil était si doux,
Ton sabot si carré, ton pelage si sombre !
Et du pâtis, le soir, lorsque égarés dans l'ombre,
Les troupeaux revenaient, ton moindre beuglement
Aux boucs comme aux brebis sonnait leur ralliement !...
Ainsi parlait son maître, et sa douleur sincère
D'une larme obstinée irritait sa paupière ;
On pleure à moins... Pourtant, l'été fuit et l'épi

De sa gaîne est déjà presque à moitié sorti ;
La paille aux reflets d'or, prend une teinte blanche,
Et, sous le poids du grain, sa tête en crosse, penche ;
C'est le moment ; allons ! qu'on prépare les faux,
Les faucilles, les sacs, les aires, les fléaux !
L'aube humide s'éveille ; et, gonflé de rosée,
Le grain quittera moins sa gousse détrempée.
Coupez haut, mes enfants ! le chaume est plus menu,
Plus tendre, vers la pointe, et puis, rien n'est perdu
De l'épi, quand la tige en est moins ébranlée.
Laissez au dur faucheur la paille dépouillée :
Sous son bras tomberont chaumes, bluets, pavots,
Ièbles et liserons, chardons, coquelicots,
Nielle, ivraie, et bientôt — butin de la fermière —
Ils iront au bétail faire une ample litière ;
Trop juste châtiment de germes avortés !

Puis, par poules et coqs les guérets sont grattés ;
Même après les glaneurs, un coq trouve sans peine,
Pour son sérail à plume ample et galante aubaine.
Oh ! l'excellent mari ! Comme un autre, il a faim ;
Mais il ne mangera que de seconde main,
S'il en reste ; savoir, si ses femmes dodues
Lui laissent quelque bribe après s'être repues.
Jusque-là, ce qu'il gratte est leur lot, et sa voix
Pour les en avertir chante et gronde à la fois ;
Cependant, qu'il est beau ! Sa tête est renversée

Comme s'il méditait quelque mâle pensée ;
Sur son plumage fauve et pailleté de noir,
Le jour vient chatoyer comme sur un miroir.
Son bec est court, sa cuisse longue, et sur sa tête
Brille, comme un éclair, une rigide aigrette ;
Son œil est pétillant, ses ergots sont d'acier ;
Une large poitrine est tout son bouclier ;
Ainsi que l'arc d'Iris sa queue étincelante
En cercles mordorés monte et descend flottante,
L'offense-t-on ? La guerre !... et puis, pour le succès
Il vient, combat, triomphe ou meurt comme un Français ;
Et c'est par son grand cœur, son insigne vaillance
Qu'en effet il plana sur les drapeaux de France,
Et que, pour l'arracher de pavillons si chers,
Il ne fallut rien moins que l'aigle, roi des airs.
Chut ! ma Muse... Les bois regrettent leur couronne ;
Restons aux champs ; prenez vos chalumeaux d'automne.
Que de soins — chantez-les — pour préparer les vins !
Mais soyez simple avec des fouleurs de raisins.
Je peins un campagnard rêvant, d'un esprit ferme,
A s'enrichir de tout ce que l'enclos renferme ;
Ce n'est pas un artiste ; il sue, il veut gagner :
Sa vigne est surchargée ; il a su provigner
Ses plants, les espacer, leur ôter le feuillage
Qui rend le fruit acide en donnant trop d'ombrage ;
Il a su réprimer le luxe des bourgeons
Poussant un bois semé d'avares grappillons ;

Il a sarclé, biné, fumé tout son cépage ;
Remplacé les pieds morts ou desséchés par l'âge ;
La pluie a respecté la tendre floraison ;
Les frimas n'ont mordu les plants qu'en leur saison,
La grêle a menacé, mais non touché leurs têtes ;
Le pâtre les sauva surtout des grandes bêtes,
De la brebis, du bouc, des chèvres, du renard :
On eut l'œil sur la grive et le moineau pillard ;
On écrasa le ver qui pondait sur les pousses ;
On surprit à leurs pieds les nids de fourmis rousses ;
Surtout, l'on combattit ce *caput mortuum*,
Ce choléra des vins, qu'on nomme l'oïdium (¹).
Que de soins ! Mais ce n'est qu'à ce prix que l'on change
Un bois sec et noueux en fertile vendange.
Voici le fruit : mais vous, avez-vous les vaisseaux,
Les cuves, les paniers, les hottes et les seaux
Qu'il faut aux vignerons pour mêler les espèces,
Et combiner les jus qui rempliront vos pièces ?
Tel grain dut se cueillir humide, au frais du jour ;
Tel autre du soleil attend mieux le retour.
De leurs parfums unis la grappe qu'on épuise
Fera d'un jus vulgaire une liqueur exquise :
Imprudents ! n'allez pas récolter vos coteaux
La serpe en main, plutôt qu'armé d'adroits ciseaux !
Le pampre qu'on secoue avec la serpe dure,

(¹) En 1866, on ignorait le phylloxera.

Eparpille à vos pieds la grappe la plus mûre.
Prudence!... Oh! qu'il en faut pour ce fruit délicat!
Il craint, il souffre mal qu'on le transporte au bât;
Le cheval qu'on en charge, en soubresauts fertile,
L'aigrit; préférez-lui le char lent et tranquille:
Et même en le pressant, n'exprimez sa liqueur
Qu'avec cet art qui sait ménager sa saveur:
D'abord la goutte mère; une fleur de rosée,
De sucre, d'ambre et d'or par le ciel composée;
Et puis, ce second jus qu'on sert dans les festins,
Même à de vrais gourmets, comme d'excellents vins;
Puis, quelque chose enfin, plus sain que délectable,
Que maître, femme, enfants consomment à leur table:
Et le marc donne encor, ce suc rafraîchissant
Si ressemblant au cidre et, comme, lui piquant,
Dont le bouvier arrose avec un plaisir rare,
Le chou tout embaumé du vieux lard qui le pare.
Sans repos, mais si bien payé de son labeur,
Heureux le vigneron s'il prise son bonheur!
Raymond, vous m'entendez; l'homme des champs médite
Mille pensers par jour, et chacun lui profite.
Qu'est-ce donc s'il ressent la fière ambition
De pousser bête et fruits à leur perfection;
D'inventer, sur ce point, de savants artifices,
Et d'être, avec orgueil primé dans les comices!
Les comices! c'est là que notre agriculteur
Montre ce qu'il sait faire, ou s'il n'est qu'un rêveur.

Qu'il y mène une vache angevine ou normande,
Poitevine, bretonne, ou de race flamande,
Elle aura des épaules larges, des pieds fins ;
Ses jarrets seront bas, et ses regards calins.
Que son pelage soit roux ou noir, notre bête
Sur un cou délicat allongera sa tête ;
Sa corne sera courte, et son ventre profond ;
Son pis, s'il n'est pas gros, sera longtemps fécond ;
Telle est, si l'on m'en croit, une franche laitière,
Et que, deux fois par jour, franchement on peut traire.
Sa brebis sera ronde ; et, sur ses flancs dodus
Croîtront, longs et soyeux, des lainages touffus :
Sa poule, de blé noir ou bien d'orge, nourrie,
Vient du Maine, ou de Bresse ou bien de Normandie ;
Que son ergot soit bas, son pied jaune et mignard !
Sa plume fine, épaisse et son œil égrillard !
Qu'une huppe arrondie orne sa large tête,
Ou que ce soit, du moins, une flambante crête !
A ces traits, la pondeuse est facile à noter !
Elle fournit tant d'œufs qu'on ne les peut compter.
Et le porc !... O mon Dieu, que ne suis-je Virgile
Pour chanter dignement cet animal utile !
Si c'est un animal que cet amas de chairs
Né du son, du maïs, des raves, des choux verts ;
Qui tout le long du jour, près du hêtre et des chênes,
S'indigère de glands ou se remplit de faines ;
Qui, le crin tout fangeux, mais le museau rosé,

Gros, court, gras, rond, repu, fondant et reposé,
Traînant sur la poussière une oreille pendante,
Est bien moins un bétail qu'une panse vivante.
Mais pour ce bloc de lard peut-être l'éleveur
De la prime vantée obtiendra-t-il l'honneur,
A moins que ce ne soit une poire crassanne,
Un sucré vert ou rose, imbu de frangipane,
Un concombre, un navet, un radis noir, un chou,
Quelque fruit varié du melon cantalou
Qui le proclame enfin, par un maître d'école,
L'Achille ou le César du comice agricole.
Que d'éclat! qu'il grandit l'agronome excellent!

III

Raymond, vous ne serez jamais son concurrent:
La nature vous plaît : vous aimez ses mirages;
Que cherchez-vous? Ses fruits ?... Non, mais ses paysages.
Certes! que le hasard vous rende le voisin
D'un cep que fait courber le poids de son raisin;
Que la pêche embaumante et de carmin rougie
Sur l'espalier prochain tende son ambroisie;
Que sur sa verte branche, un beurré savoureux
De son jus délicat veuille vous rendre heureux;
Qu'à son parasol large une figue pendue
Du sirop de sa chair allèche votre vue;
Que la fraise, à vos pieds, vous offre ses parfums;

Ou bien, sur votre front, le prunier ses fruits bruns,
Vous n'êtes pas si dur que de fermer la bouche
A la tentation qui, de si près, vous touche ;
Et comme un saint fameux l'eût fait en pareil cas,
Vous ne lui criez point : « Satan, n'approche pas ! »
Même, convenez-en, lorsqu'au bois le zéphire,
Pour y rêver au frais, mollement vous attire,
Si, sur vos pas, le grêle ou vaste champignon
Vous dit : « Récoltez-moi » ! vous ne dites pas non.
Puis, je l'ai vu, gourmet ; avec quelque artifice,
Ce champignon, chez vous, devient un vrai délice.
Mais qu'est-ce qu'un mets fin, des fruits, une saveur
Pour un esprit doté de l'art d'être un rêveur ?
Pour un homme qui sait — dieu de la fantaisie —
Dans l'herbe ou le caillou trouver la poésie ?
Qu'un autre, l'œil braqué sur l'abîme des cieux,
Suive d'un astre obscur le cours mystérieux,
Et de ses mouvements rigoureux interprète,
Nous dise la minute où poindra la comète ;
Que tel savant armé d'un subtil appareil
Décompose ou rallume un rayon de soleil ;
Ou que, précipitant un liquide incolore
Dans un tube, il le change en brillant météore ;
Qu'un autre, emprisonnant la vapeur dans le fer,
Lui soumette et l'espace, et la terre et la mer,
Et lui fasse porter notre ambition folle,
Nos voluptés, nos arts de l'un à l'autre pôle,

Raymond, ce n'est pas vous qui serez le fauteur
Des labeurs agités que sue un brocanteur :
Mais que, de l'aube absente, agile avant-courrière,
L'étoile du matin luise sur la bruyère,
Puis, que, de l'horizon colorant le contour,
Règne, sans concurrent, l'astre adoré du jour :
Qu'il révèle à votre œil un essaim de collines,
De blés mûrs, de prés verts, de landes purpurines ;
Et que, dans le lointain, sur un fond vaporeux ,
Comme un phare, un vieux mont lève son pic neigeux ;
Que, de sa croupe sombre, un peu d'écume blanche
Brillant, puis se perdant, jusqu'à vos pieds s'épanche
En limpide torrent dont le flot argenté
Remplit d'un frais murmure un asile enchanté ;
Que la fauvette y fouille, avec des cris de joie,
Pour son nid affamé le vermisseau, leur proie,
Tandis que, vagabond dans les airs, le vautour,
S'il le peut, saisira la fauvette à son tour ;
Que sur d'âpres rochers la chèvre suspendue,
A mordre les buissons amuse votre vue ;
Pendant que le berger aux pentes du coteau,
Garde, en cherchant la mûre, un plus riche troupeau,
Votre âme rajeunie à ces tableaux rustiques,
Du monde, en sa primeur, rêve les jours antiques :
« O temps aimés des Cieux, temps sereins, dites-vous,
« Que notre vain progrès vous éloigna de nous !
« Chez vous, point de savants ; assez peu de poètes,

« Et, s'ils chantaient, c'était pour raconter vos fêtes.
« Pourquoi des écrivains? Pourquoi des orateurs?
« Pour excuser le crime, ou semer des erreurs.
« Leur plume est un néant, leur verve une fumée,
« Pour qui n'aime ou ne craint l'œil de la renommée;
« Leurs merveilleux secrets eussent été perdus
« A prôner votre paix, fille de vos vertus!
« Et votre chaste vie échappant au scandale
« Eut frustré leur faconde indiscrète ou vénale:
« Votre honnête candeur, ô nos premiers parents!
« Eut rougi de s'armer de la foi des serments;
« Et, sans le lui jurer, une épouse fidèle,
« Gardait à son époux un amour digne d'elle :
« Ils vivaient saintement, et de nombreux enfants
« A ces couples heureux tenaient lieu de présents;
« La perle et le rubis, inconnus à la terre,
« Ne paraient pas l'épouse au prix d'un adultère;
« L'enfant, de ses parents ne hâtait pas le sort,
« Pour alléger sa vie en provoquant leur mort;
« La fraude n'était pas, dans les traités, commune;
« Le crime n'allait pas tout droit à la fortune;
« Les peuples grandissant dans le respect des lois,
« De la pluie ou des vents n'accusaient pas leurs rois:
« Pour mieux leur inculquer des règles salutaires,
« On n'était pas ravi de massacrer ses frères :
« Des grands aïeux le nom n'était pas effacé;
« Le progrès n'était pas d'insulter le passé;

« Dieu régnait dans les cœurs, même sans catéchisme ;
« Le blasé n'avait pas inventé l'athéisme ;
« Et l'homme, né si faible et si prompt à l'erreur,
« Au lieu de s'adorer, adorait le Seigneur.
« On vous nommait grossiers, temps heureux de nos pères,
« Mais vous étiez surtout innocents et prospères ;
« Et nous, comme ces morts qu'attendent les tombeaux,
« Au milieu de l'encens, des orgues, des flambeaux,
« Trépassés, on nous vante, et, les torches funèbres
« Ne luisent que pour mieux nous livrer aux ténèbres. »
— Raymond, vous vous tenez ce langage, ou du moins
Il répond aux tableaux dont nos yeux sont témoins :
Vous rêvez tristement, quand votre âme oppressée
Sur nos mœurs qui s'en vont, arrête sa pensée.

Changez d'aspect ; combien de spectacles touchants
Ou frais, avec des riens, savent offrir les champs !
Combien tout y sourit, (comme dans une fête),
Au pinceau de l'artiste, à l'esprit du poète !
Voici des bûcherons : écoutez leurs concerts !
Ils émondent le bois en se chantant des airs.
Non loin, comme attristés, craignant pour leur parure,
Le peuplier frémit et le saule murmure.
Par un rameau tombant, vingt oiseaux affolés
Rasent en criaillant le fauve épi des blés ;
L'herbe humide nous luit, de cent feux irrisée ;
L'impatient chevreau bondit sur la rosée ;

Comme un tissu léger la brume du matin
Flotte pour mieux prêter son prestige au lointain ;
Car, doucement voilés, rocher, pâtre, et chaumière
Semblent flotter aussi dans un bain de lumière.
Ami, l'on peut goûter ces tableaux à foison
Pendant les jours fleuris de la tiède saison ;
Mais l'hiver est-il donc uniquement rigide ?
Il l'est trop ; cependant son ciel âpre et livide
Se colore parfois, et, moins pris du frisson,
Le merle a pu descendre aux marges du buisson.
Là, quand un rayon d'or vient effleurer sa plume
Et qu'en sa triste veine un peu de feu s'allume,
Qu'il aime à sautiller sur l'herbe, et puis, qu'un grain
Qu'il picore au hasard lui semble un riche gain !
S'il fait noir, de moineaux une piteuse escorte
Sur vos grilles piqués, l'œil tendu vers la porte,
Le poil bourru, mourants, presque à demi figés,
Attendent ce qu'on donne à des cœurs affligés,
A des estomacs creux, à de tristes Lazares,
Sans pain, sans feu, sans gîte, autrement dit, sans Lares.
Que faire ? Les tuer ? Raymond, qu'il soit maudit
Celui qu'un oisillon si faible n'attendrit !
Vous l'hébergez ; chez vous l'on ne connaît personne
Qui ne sache au malheur tendre ou céder l'aumône.
Vous connûtes le jeûne, oui, j'en ai pour garant
L'aveu que nous en fit votre livre charmant :
Aussi, que l'indigent vous trouvait charitable !

10

J'en lis dans vos écrits l'exemple mémorable :
Pour vos plaisirs d'enfant, on vous donnait par mois
Deux francs, c'était là tout ; et pourtant plusieurs fois
Lorsqu'avec son bonnet, la tête humble et baissée,
Pour les pauvres quêtait l'aumônier du lycée,
Quand l'aumône d'un sou tombait de tous les rangs,
Vous donniez sans broncher tout votre avoir : deux francs,
Et le prêtre étonné de cette pièce blanche
Unique en son bonnet : « Mes bons amis, je pense,
« Disait-il, qu'une erreur a trompé l'un de vous ;
« Je trouve ici deux francs, au lieu d'un ou deux sous.
« Je veux rendre le trop, que le trompé s'annonce !
« Voyons, c'est une erreur, dites !... » — Point de réponse.
Et sans effort, sans art, à vous taire constant,
Vous paraissiez ainsi doubler votre présent ;
Si bien, que l'aumônier, lassé de son instance :
« Oh ! dit-il tout ému, que le Ciel récompense
« Le généreux enfant qui veut être ignoré ! »
Cher Raymond, ce récit m'a plu : j'en ai pleuré !
C'est que, votre esprit tendre et que tout intéresse,
Sur tout ce qu'il écrit verse quelque tendresse.
Un rien, quelque sentier que vous suiviez le soir,
Nous font lire en votre âme ainsi qu'en un miroir :
Faut-il quitter Moissac, votre cœur indocile,
Reste, ou du moins il erre autour de cette ville ;
Il vous faut sourdement, au sombre éclat des cieux,
Revoir ses murs, ses eaux, en repaître vos yeux :

Voici de vos amis la demeure chérie ;
Celle où vous habitiez, dans l'ombre ensevelie,
N'est plus qu'un songe ; là, d'intrépides jouteurs,
Bateau contre bateau, charmaient leurs spectateurs :
Plus loin, d'ormes épais une large avenue
Superbe au jour, la nuit, n'est que déserte et nue.
Autour de vous murmure un essaim d'habitants,
Rentrant chez eux suivis d'un tourbillon d'enfants ;
Tous vous aimaient... et vous, vous dont le cœur soupire
A leur voix, vous fuyez... que pourriez-vous leur dire ?
Brisé par le destin, mais saignant de ses coups,
Vous n'êtes rien pour eux, ils sont perdus pour vous ;
Et moi, de vos regrets goûtant la fantaisie,
J'en savoure avec vous l'amère poésie.
Oui, Raymond, quand vos mains à de si doux tableaux,
Avec un art si pur, appliquent vos pinceaux,
Que vous restiez Français, que vous deveniez Corse,
J'applaudis, et me prends à votre exquise amorce ;
Mais il est des accents plus faits pour me toucher :
Je sais comme on gémit quand il faut arracher,
De son cœur ?.. Oh ! non pas... mais au moins de sa vue
L'être que l'amour donne, et que le sort nous tue ;
Je sais ce qu'était Berthe, en sa tendre saison ;
Combien vive et rieuse ; et, combien sa maison
Lorsque sa voix d'argent résonnait d'allégresse,
De ses plaisirs d'enfant goûtait l'immense ivresse.
Tout était fête alors ;... alors, qui l'eut prévu

Que sur ce jeune front de tant de grâce imbu,
Sur cette âme si chaste, ouvrage d'une mère,
Sur cet esprit charmant, l'heureux orgueil d'un père,
Planait un sombre mal par qui devait tarir
La sève, en ce bouton qui ne dut pas fleurir ;
Que cette enfant ravie aux terrestres orages
Mourrait comme un parfum qu'aspirent les nuages,
Ou bien comme l'oiseau que surprend le vautour
Quand il chantait l'aurore et saluait le jour !
Oh ! de la mort je sais quelle est la perfidie ;
Mais un ange dut-il en boire aussi la lie ?
Raymond, séchez les pleurs que peut faire surgir
Par ma faute, en vos yeux, ce cuisant souvenir !

Quelques gouttes de givre aux cyprès suspendues,
Par un rayon des cieux bientôt seront fondues ;
Lorsque les bois sont verts, c'est là qu'il faut porter
Ces tourments dont le cœur saigne, et qu'il veut goûter.
Ah ! quel que soit le poids des chagrins qu'on endure,
Ils nous fatiguent moins quand la fraîche nature
Etale à nos regards ses magiques beautés.
J'y puise, comme vous, de nobles voluptés ;
Moins que vous cependant ; votre esprit indocile
Trop amoureux des champs, ne veut pas voir la ville ;
Ou bien, sur les hauteurs aimant trop à planer,
Il montre un grand défaut, il ne sait pas flâner ;
Je vous l'ai dit vingt fois ; pourtant la rêverie

Lorsqu'on flâne est exquise ; et, même elle est fleurie,
Quand ce léger lutin — notre loisir — conduit
Ce qu'un vague caprice — autre lutin — poursuit.
Pour moi, j'aime à flâner, comme l'oiseau voltige,
Comme la fleur aux vents abandonne sa tige,
Comme l'eau qu'une ronce, un galet, un granit,
Un sable, une herbe, un rien fait sortir de son lit ;
Prendre l'air comme un sot, un sot le peut bien faire ;
Mais flâner avec art, n'est pas un art vulgaire ;
Et le rare mortel qui peut, avec succès,
Flâner, vit à Paris ; le flâneur est Français.

I V

Hors Paris cependant, avec quelque industrie
On peut glaner encor... tel grain de flânerie
Qui plaise, et par lequel notre esprit amorcé,
Soit comme au sein des champs doucement agacé.
Si vous longez le soir, Raymond, les quais du Rhône,
Ou bien, si, lentement, vous parcourez la Saône,
Que le Rhône est limpide en sa mer de cristal !
Quel firmament de feux sur ce flot virginal
Qui semble s'épancher des glaciers et des mousses,
Comme d'un frais arbuste on voit jaillir les pousses !
Et la Saône ; combien ses coteaux sont chargés
De riches monuments l'un sur l'autre étagés !
Que d'ombrages fleuris ! et sur son eau tranquille,
Quand le bateau vous prend, que le rêve est facile !

Mais entrons dans la ville; il y fait presque jour
Tant le gaz y flamboie au moindre carrefour!
Voyez! que le commerce étale de merveilles!
Qu'en mille objets choisis l'artiste usa ses veilles!
Que ce tapis étonne, et que, sur ce brocard
La souple soie et l'or serpentent avec art!
Qui trouvera mauvais que la femme soupire
Pour ce moelleux tissu tramé dans Cachemire,
Pour ces velours ardents, pour ces nœuds argentins
Dont fascinent ses yeux fleurs, rubans et satins?
Ou ce réseau brodé sur lequel étincelle
Cette neige de lin que nous nommons dentelle?
Et, si le joaillier fait briller ses bijoux,
Qui tentera-t-il plus, est-ce la femme ou nous?
Que préférer? L'or vert, l'or rouge ou bien l'or jaune?
L'or mat, ou bien celui qu'un vif éclat sillonne?
Ce métal, au ton fauve, est tendre; on l'assouplit,
On le file, on le tresse, on l'enfle, on le polit,
On le moud, on l'applique; un burin le cisèle,
Et son ocre changeante est toujours riche ou belle.
Que de pétillements! On dirait que les cieux
Ont taillé leurs soleils en ses plis radieux:
Ici, le grenat rose, ou la topaze blonde,
Scintillent à côté du rubis de Golconde;
L'améthyste vineuse auprès du bleu saphir
Se mêle au tendre iris de la perle d'Ophir;
L'or enchâsse avec art les teintes de l'opale;

L'émeraude, aux feux verts, éclate sans rivale ;
Et l'œil plus ébloui que des rayons du jour,
Se demande s'il est ouvert sur Visapour.
Oh ! que le diamant brille en ardeurs superbes !
Que de grappes, d'épis, de couronnes, de gerbes,
De feuilles, de bouquets ! et comme cent bijoux
S'allument, sous un lustre, et nous font les yeux doux !
Mais quoi ! l'on n'est pas riche. — Hé bien, votre fortune
Peut trouver, à deux pas, une vitre opportune :
Là, reluit le cristal aux pores colorés ;
Le faux corail, le faux lapis ; ces faux ouvrés,
Soufflés, coulés, brunis en ornements de Bresse
Que porte la grisette, (en ce penchant, duchesse) ;
Et qui parent tel front, posent sur telle peau,
Qu'un vrai saphir près d'eux peut n'être qu'oripeau,
Tant tout est faux brillant sur un front de cloporte,
Tandis que tout est fin rubis sur fille accorte !
J'abrège, cher Raymond, sur ce qui plaît à voir
Dans une grande ville, aux feux du gaz, le soir ;
J'omets bien des splendeurs, les bals, la comédie
Et la ville dormant dans un vaste incendie ;
Mais quand la nuit est morte et que renaît le jour,
Que l'œil qui sait flâner s'éveille avec amour !

La buvette du coin s'ouvre, et le verre y tinte,
Pour l'ouvrier qui veut s'y réchauffer d'absinthe ;
Ailleurs, le marron grille, ou bien c'est le café

Qui s'offre, de pain frais et de crême, étoffé.
Sans tabac, point de fête ; aussi la tabagie
Luit-elle avec ses pots, ses pipes, sa bougie.
Mais où va cet ânon plus braillard que fâché ?
Où vont tous ces paniers ? Ils vont au grand marché.
Callot, inspire-moi !... Quand tu peins la potence,
Et d'un pauvre pendu la raide contenance,
Tout n'est pas répugnant dans ton adroit tableau ;
Sous le triste et le laid, transpire un peu de beau :
Ce sergent n'est pas mal, cette fille est jolie ;
Ce gros poupon fait trêve à ma mélancolie.
Callot, que je voudrais posséder ton secret,
Lorsque du grand marché je tente le portrait !...
Qu'est-ce qu'un grand marché ? — « Parbleu ! » dira bien vite,
Quelqu'un dont ce bazar n'eut jamais la visite,
« Monsieur, c'est un amas de légumes, de fruits
« Pour s'y vendre à tel prix, dans tel endroit, produits. »
— Langage de commerce ! Un flâneur, et pour cause,
Dans notre grand marché verra quelque autre chose.
Que de fruits ! J'en conviens ; que de légumes frais !
Que de perdreaux surpris par la poudre ou les rets !
Combien de beurre, ou d'œufs, ou de tendres volailles !
Que d'huîtres, d'escargots, de poissons, de mangeailles !
Est-ce là tout ? Non pas ; je vois aussi les fleurs,
Dont le peuple chérit la forme et les senteurs :
Le pénétrant jasmin, l'œillet, la giroflée,
Les roses, le lilas ; et puis, quelle mêlée

De costumes divers fourmille devant moi !
Tel, en son bourgeron, se carre comme un roi;
Tel, quand le froid descend, gèle dans sa guenille :
Voici Jeanne agitant sa taille et sa mantille;
D'où sort cette matrone, avec le chapiteau
De crêpe, en entonnoir, qui simule un chapeau ?
Comme ses fins chapons, elle nous vient de Bresse.
Que prétend cette femme rousse, et trouant la presse,
Laquelle au pilori figurerait si bien ?
Elle marchande tout, elle n'achète rien ;
Son œil va de travers; sa bourse est fort aride ;
Toutefois son panier n'est pas constamment vide ;
Ses doigts sont longs. — Monsieur, voulez-vous un couteau?
Crie un marchand forain penché sur le sarreau,
Qui (pour tout magasin déployé sur la terre)
Etale vingt outils faits pour la ménagère.
Criaillant comme lui, son confrère a prévu
Que de beaucoup d'objets vous êtes dépourvu ;
Que tout n'est pas complet dans votre humble vaisselle;
Qu'il vous faut quelque verre, ou du moins quelque écuelle :
Près de celui qui vend le chanvre et le fuseau,
S'est glissé le marchand de plantin pour l'oiseau;
C'est un faux herboriste, et, sa langue dorée
Sait vanter, à propos, verveine et centaurée;
Et puis, sur plus d'un point, pendent certains hochets
Toujours tentants; savoir : fichus, colifichets ;
Ici, tout est à vendre, et partout l'on achète,

Pour manger, se purger, filer, faire toilette;
On marchande, on se fâche, on prend le ton narquois,
On triche, on est avare, et généreux parfois,
Car le peuple a bon cœur; voyez la sœur quêteuse!
Pour les pauvres, ses fils, elle est fort matineuse.
Elle veut des rebuts; mais, du peuple béni,
Jamais son chariot ne part que bien garni.
Tout finit : le marché cesse, la cloche sonne;
Le marchand ne dit mot; le client l'abandonne;
Le public cède enfin la place à l'arroseur
Et sur mille débris règne le balayeur.
Brouillons, instruisez-vous! vous faites sur la terre
Un peu de bruit mêlé d'une immense poussière;
Vous savez balayer mœurs, charte, autel, rois... mais,
Vous finissez, comme eux, sous des coups de balais.

Raymond, que de marchés ailleurs qu'au marché même!
Quel est donc ce mortel à face de carême,
Qui de son magasin surveille le trottoir?
Qui, si vous approchez de quelques pas, pour voir
Une étoffe qu'il vend, vous saisit sur la porte
Et jusqu'en son comptoir bon gré, mal gré, vous porte?
C'est un marchand qui sait (plus adroit que courtois)
Liquider sa maison, de trois mois en trois mois,
Et vendre des rebuts fort cher, dès qu'il nous berce
De l'espoir d'acheter une fin de commerce.
Franchement, j'aime mieux cet autre commerçant

Qui, gravement assis, attend que le passant
Sur son noir escabeau veuille mettre sa botte,
Et, fort dévotement, le brosse et le décrotte :
J'aime mieux ce crieur qui ne me force pas
D'acheter son journal inepte autant que bas ;
Ou bien, s'il faut céder, je cède à la fillette
Qui sourit en m'offrant sa brune violette.
Qu'est-ce que ce garçon, lustré, pincé, coiffé,
Blanc comme sa serviette ? — Un garçon de café ;
Et, ce mâle grison dont la tête si fière
Sent la poudre ? — Un grognard ; voyez sa boutonnière :
Le ruban rouge est là, flambant, tout près du cœur ;
Salut! car il servit la patrie et l'honneur.
Cet oisif qu'on dirait parent du roi de Garbe,
N'est-ce pas un monsieur qui promène sa barbe ?
Voyez, tout près de lui, ce vague citoyen,
Ne marchant qu'en zig-zag ; il promène son chien.
Ce monsieur scintillant, à tête italienne,
Promène ses bijoux, sa montre d'or, sa chaîne ;
Berthe, avec grand-maman, promène sa beauté ;
Ce vieillard rubicond promène sa santé :
Et moi, tandis qu'autour de moi mille industries
Se promènent, je traîne au bois mes flâneries.
Au bois ? Y pensez-vous ? Mais c'est sur le pavé
Qu'à flâner, avec vous, notre esprit est rivé.
— Soit ; en maint carrefour j'erre depuis l'aurore ;
Mais je respire au bois, du moins par métaphore :

Il suffit que j'y rêve, et j'y vois l'alisier,
Le chêne, le sureau, l'orme, le mérisier!
Que de feuilles autour! depuis la feuille morte,
Jusqu'à ce frais tissu que l'aube à l'arbre apporte!
Au bois, que de couleurs! Soit le buisson neigeux,
Soit la vigne native, au rose vaporeux
Tranchant sur la feuillée, où l'or domine encore
Comme un soleil mourant sur les brumes qu'il dore.
Dans le bois, que de bruits lointains, que de concerts!
Que d'oiseaux effarés frôlant les rameaux verts!
Oui, pour tout homme errant qu'un grain de rêve affile,
La ville c'est le bois, et le bois c'est la ville.
Grâce à l'esprit songeur, cette comparaison
N'est pas un faux mirage indignant la raison;
Poètes, doux musards, j'en jure sur vos têtes!...
Crois-m'en, grave lecteur, mes témoins sont honnêtes.

Ici, halte, mes yeux! J'entre où le bric-à-brac
Des arts qui ne sont plus a dressé le bivouac.
Marchands de vieux bibus, je suis chez vous à peine
Qu'à force de désirs, j'erre tout hors d'haleine.
Oh! qui me donnera de voir briller chez moi
Cette armure d'acier bruni, digne d'un roi!
Cette rondelle à poing si richement dorée,
De herses, de feuillards, de roses illustrée!
Cette épée à pommeau quadrillé : ce couteau
Dont la lame est si fine, et le manche si beau!

Ce ceinturon d'argent brodé sur écarlate!
Ce poignard de Florence étincelant d'agathe!
Ce sabre khorassan, flexible, un vrai damas!
Ce fauchard ciselé, ce large coutelas!
Puis ma fièvre croissant ainsi que ma surprise :
« Que ne puis-je acheter ce miroir de Venise,
« Ces buires, ces cristaux, ces biscuits, ce coffret! »
Me dis-je tristement : « que n'ai-je ce portrait
« Où la main de Latour, si docte et si légère,
« Du suave pastel sut fixer la poussière!
« Que ce bahut me plaît! que j'aime les émaux
« Que Limoges savait cuire dans ses fourneaux!
« L'admirable japon! Que sur cette crédence
« En noyer brun, sculpté, luirait cette faïence!
« Je vois des bracelets, je touche des bijoux
« Dont l'Etrusque eût rendu Benvenuto jaloux.
« Par vous, je suis malade, ivoires, mosaïques,
« Statuettes, oliphans, bois, marbres, majoliques,
« Etains, cuirs repoussés, et vous saxes charmants,
« Et vous sèvres à pâte tendre ; et vous flamands
« Dont l'esprit est si gai, dont le pinceau se trempe
« Dans ces rouges bistrés que fait fleurir la lampe ;
« Vous missels d'autrefois où l'or et le vélin
« Sont fourmillants d'azur, de pers, et de carmin ;
« Recouverts de velours, d'émail, de pierreries ;
« Arches pour nos aïeux ; pour nous, coquetteries... »
Mais quel dessin gravé, d'un détail curieux,

Par la brise agité, tire, à ce point, mes yeux?
Un catafalque noir, en pyramide immense
Vers un dôme d'où pend un cercle en fer, s'élance.
Ce cercle aux rois lombards fut un bandeau sacré :
De vertus, de héros, d'insignes illustré,
Le monument funèbre, au sein du sanctuaire,
Etale dans Milan sa pompe mortuaire.
Pour qui? C'est pour César, roi, duc, prince, empereur,
Charles sept, cet époux de Thérèse au grand cœur,
Mort, pleuré des Lombards; après qui la Hongrie
Pour sa femme et son fils défendra la patrie, .
Et, sous l'aigle à deux fronts, maîtrisant les hasards,
A l'Autriche rendra sa gloire et ses Césars.
O race, ô temps, ô mœurs, ô dévouements sublimes,
Où dormez-vous?... Où sont les Hongrois magnanimes?

Silence! et refrénons cet élan triomphal :
Je le vois bien; je suis au quai de l'Hôpital;
Il nous ressemble : ici tout est caduc, malade;
Les anciens n'y sont plus qu'en songe ou mascarade;
C'est que tout s'use; eh! quoi, dites, n'avons-nous pas
A la place des cœurs, des vertus et des bras,
Les révolutions, le trafic de la rente;
Nos rhéteurs, nos journaux; puis, messieurs les quarante,
Nos danseurs, nos chanteurs, mille comédiens,
Poètes, romanciers, penseurs, historiens,
Philanthropes surtout, forcenés de l'envie

De prodiguer la mort pour adoucir la vie?
Tiens! Justement je vois, à deux pas, des portraits
Qui des astres du jour font miroiter les traits.
Que Daguerre eut raison d'inventer la machine
A photographier, pour les mettre en vitrine!
Oui, par l'enchantement de son art délicat,
Je vois ces demi-dieux comme je vois mon chat.
Dans un album où l'or avec l'argent se joue,
Je puis emprisonner leur sourire ou leur moue.
Mon Dieu! de celui-ci que le galbe est mesquin!
Que tel visage est bon! que tel autre est taquin!
Pontus, que je croyais privé de la lumière
Depuis trente ans, vit donc? — Oui, pour sa cuisinière.
Son plus proche voisin s'est demandé souvent
Comment respire, dure, et quel est ce mourant.
J'aime ce nain drapé qui fait le personnage.
Vous... vous quittiez le froc pour faire du tapage.
Vous, monsieur, en abbé vous êtes travesti
Pour parader; bientôt vous serez grand muphti;
Vous sauriez, au besoin, même porter cornette
Et vous faire appeler Fleur-d'Epine ou Jeannette.
Monsieur, à l'œil bridé, dont je vois le portrait,
Que fîtes-vous pour être?... Oh! c'est votre secret.
Passons... Me direz-vous, frétillante madame,
Comment depuis trente ans sèche, et fort vieille femme,
Vous restez folichonne avec des cheveux blancs!
N'avez-vous pas cent quinze, ou du moins cent douze ans?

Et vous, chère, aux bras forts, au râble qu'on renomme,
Malgré votre chignon, n'êtes-vous pas un homme?
Toi, lourdaud, tu prends mal ton air de persiffleur;
Et toi, moine inquiet, tu fus trop bateleur.
Connaisseur des plus fins, je voudrais, Mérimée,
Que l'honneur fût pour vous une moindre fumée.
Il vous agace... Et vous, Théophile Gautier,
Soyez peintre, et non pas un maître tapissier.
Mais qu'ai-je donc? Dormé-je ou bien suis-je malade?
J'ai des lourdeurs; je bâille; eh! non : je vois *Croustade.*
Oh! lorsque mon sommeil tardif reste imparfait,
De grâce, suspendez sa lyre à mon chevet!
Rouher, et vous, Guizot, j'aime à voir votre tête;
Que, sous votre grand front, votre œil fier est honnête!
Noailles, si par vous j'ai peur d'être mangé,
C'est que de trop d'esprit je vous crois enragé!
Et toi, vain Paradol, moucheron de la gloire,
Tout gonflé de bonheurs, tu t'en fais trop accroire :
Publiciste léger, tu flottes finement
Des salons au château, non sans choix du moment;
Opposant d'opéra, tel jour tu sauras comme
Tombent ceux qu'on surfait, mon faux petit grand homme;
Jusque-là, fais la roue, et, minaudant un beau,
Fleuris ton menu front sur ton menu tréteau.
D'infimes aperçus Sainte-Beuve fourmille,
Et sa plume ravaude aussi bien qu'une aiguille :
Quelle autre sut mieux qu'elle emperler un ourlet,

Ou d'agréments de soie émailler un corset?
Vous, Cuvilier-Fleury, bien que je sois contraire
A ce qui brille en vous de trop parlementaire,
Je vous prise très-haut, je n'en retranche rien ;
J'aime l'art, mais surtout l'artiste homme de bien.
Hugo, vous posez trop : votre Apollon s'abuse
S'il prend une Bacchante en rut, pour une Muse.
Qui ne se comprend pas peut bien être incompris ;
Vous étiez lumineux quand vous chantiez Paris,
Quand armé de pinceaux d'un si grand caractère,
Jeune et brillant d'essor, vous nous rendiez Homère ;
Alors je vous louais, aujourd'hui je vous plains ;
Redevenez vous-même, on vous tendra les mains.
Et vous, divin rêveur, sonore Lamartine,
Je médite sur vous quand le soleil décline ;
Que d'éclat le matin, mais que d'ombres le soir !
Vous êtes son image, il est votre miroir :
Comme lui vous aurez conjuré des orages,
Et vous vous éteindrez dans le sein des nuages.
Ponsard, puissé-je voir, dans l'éclair de vos yeux,
Ce feu d'où sut jaillir le *Lion amoureux!*
Vivez pour vous; vivez aussi pour notre gloire ;
Vos écrits sauveraient trop tôt votre mémoire.
Poète-citoyen, Belmontet, votre cœur
Comme un clairon résonne aux mots: Patrie, honneur.
Et puisque vous voici, vous, magique Alexandre,
Si merveilleux auteur lorsque vous voulez prendre

La peine de narrer par écrit, cher Dumas,
Contez, dramatisez, mais ne conférez pas.
Le jaseur qui confère est dispensé d'écrire ;
Mais il sait pérorer, vous ne savez que lire.
Vous, monsieur Jules Favre, oh ! comme vous parlez !
C'est si pur qu'on dirait, ma foi, que vous lisez.
Vous, monsieur Thiers, on sait que vous savez tout faire,
Lire, parler, agir... ailleurs qu'au ministère.
Là, vous sommeillez trop ; votre esprit florentin
Rendrait plus de cent points à l'esprit le plus fin ;
Mais, artiste avant tout, tribun de fantaisie,
Je vous crois le Gondi de notre Bourgeoisie.
Taine, vous raillez trop ce qui vaut mieux que vous :
Littré, le bon Dieu peut résister à vos coups ;
Vous êtes docte ; mais, votre positivisme
Ferait rire un bambin sachant son catéchisme :
Vous avez pour la lune un goût si véhément
Qu'on vous croirait tombé de cet astre charmant.
Montalembert, je crains que la goutte incivile
N'irrite — s'il se peut — l'aigreur de votre bile ;
Vous m'avez attaqué, qui n'attaquez-vous pas ?
Croquer quelqu'un, pour vous, c'est mieux qu'un bon repas.
Je pourrais... mais malgré mainte et mainte incartade,
Je me tais ; paix autour d'un homme aigre, malade !
About, d'Arouet pur vous êtes si frotté
Que l'étincelle part, chez vous, de tout côté !
Vous êtes au-dessous de Poquelin-Molière,

Maître Augier, mais n'a pas, qui veut, votre manière.
Vous, Octave Feuillet, vos traits fins et discrets
Pour plaire ont, je le sens, de sûrs et doux secrets ;
Vos écrits ont comme eux une tendre magie,
Et vos chastes récits ont détrôné l'orgie.
Avant lui, vous aimiez le vrai sel, le vrai beau ;
Feuillet put s'inspirer de vous, brillant Sandeau ;
Et vous, Sand, qui prenez aussi le nom de Georges,
Que vous savez chanter les foins, les blés, les orges!
Que vos vergers sont frais, et leurs fruits variés !
Riches, légers de peau, subtilement striés
De pourpre et d'or, leur suc gratte pourtant la gorge;
Quand j'y mords, il me semble un peu que l'on m'égorge.
Vraiment, c'est du citron tourné qu'il faut sucrer,
Filtrer, édulcorer pour le bien conjurer.
Cassagnac, vous savez frapper tels coups de plume
Qu'ils valent tel marteau faisant crier l'enclume ;
Pontmartin, mon piquant peintre de Gigondas,
De vos livres ambrés jamais je ne suis las.
Vous avez du talent, — je n'en puis rien rabattre, —
Du tact, du sel, du sens pour le moins comme quatre.
Raymond, dites : Assez! sans quoi j'irai toujours,
Epanchant bien ou mal ma bile et mes amours.
Me voilà, face à face, avec cent personnages,
Dont je puis, en cornac, détailler les images :
Picard est là; je vois Viennet, Sardou, Renan,
Emile Girardin, Dupanloup, Pelletan ;

Morny que nous pleurons... Billault dont l'éloquence
Etonna, convainquit, émut, orna la France !
J'épuiserais ma vie à parler de tous ceux
(Eclatants, bons, mauvais, bêtes) qui sont fameux.
Que veux-je ?... Vous montrer comment le jour s'achève
A flâner, en portant, sur mille objets, son rêve.   -
Qu'ai-je besoin de noms illustres, justes cieux !
Un oiseau me suffit : restez ouverts, mes yeux !
Tout près, chez l'oiselier, j'admire des plumages
Plus brillants que les fleurs, les fruits, les coquillages :
Venise, ton beau ciel est moins bleu que l'ara !
L'aigle de Jupiter fut l'aigle du Jura ;
Cardinal !... Richelieu de ta pourpre éclatante
Fut jaloux ; et toi veuve élégante
Au collier d'or, aux flancs par l'ébène assombris,
Vive et belle tu peux compter sur vingt maris.
Je t'en promettrais mille et plus, en conscience,
Si les oiseaux n'avaient pourtant leur bienséance.

Je rêve sur l'oiseau ; cependant un poisson
Peut me distraire autant qu'un merle ou qu'un pinson.
Raymond, ni vous, ni moi, n'aimons l'ablette rouge,
Nous laissons la portière en illustrer son bouge :
Mais que, sur un trépied de bronze émaillé d'or,
Un large *aquarium* me présente un trésor
De joncs, de nénuphars, de cressons et de mousses,
De sables, de roseaux, de rocailles, de gousses

Frais dortoir du mollusque engourdi sous les eaux,
J'admire ce fouillis à travers ses cristaux ;
J'y poursuis du regard une truite qui file
Près d'un goujon, non loin d'un rudiment d'anguille ;
L'écrevisse y fréquente un vert colimaçon ;
La rainette y sait faire entendre sa chanson ;
Près d'un saumon naissant, une perche fend l'onde ;
Un lézard pare aussi ce petit coin du monde ;
Et puis, la salamandre... elle se fait un jeu
De courir l'eau limpide ou d'habiter le feu ;
Tandis qu'un carpillon, sous une herbe, sommeille
Comme un buveur qui dort au frais, sous une treille.
Ce spectacle me plaît si fort que, sans un bruit
Strident, je serais là, Raymond, jusqu'à la nuit.
Mais un beau régiment passe, clairons en tête,
Tambour battant, brillant comme pour une fête,
Un combat, un assaut ; caporaux et sergents
Surveillent la colonne et compriment ses flancs
L'officier, sabre nu, devant chaque cohorte,
Enlève d'un regard son intrépide escorte.
Son drapeau déchiré que frappe le soleil
Flotte sous les éclairs de son aigle vermeil ;
La terre tremble... auprès d'une forêt d'aigrettes
Brille, avance, bondit un flot de baïonnettes.
Le colonel monté sur un cheval guerrier,
Pour vaincre ou pour mourir marche au front le premier.
Oh ! mon œil n'est plus sec ! Salut, ma noble France !

11.

Quoi ! j'ai pu te noircir, plaindre ta décadence,
Dire que ton grand cœur désormais n'était plus,
Et qu'avec nos aïeux moururent nos vertus !
Non, je mentais ! Pardonne, image de la gloire,
Drapeau français, drapeau troué par la victoire,
Drapeau de Marengo, d'Austerlitz, d'Iéna,
Qui planais sur Wagram, brillais sur Magenta,
Soleil des nouveaux cieux, vieux drapeau tricolore,
Va... du Caire au Kremlin, du couchant à l'aurore,
On sait ce que tu vaux, et revît-on Valmy,
France, ton cri serait : Malheur à l'ennemi ! (¹)
Raymond, vous le voyez, mon sujet est fertile ;
On vieillit à flâner dans une grande ville :
Je n'ai fait qu'effleurer ses traits ; car je n'ai pas
Avec son mouvement, trahi ses embarras.
Je n'ai pas dit ses ports ; je n'ai pas dans ses rues,
Nombré ses monuments, ses squares, ses statues,
Ses bassins, ses jets d'eau, son parc, ses ponts, ses cours,
Je ne suis pas allé voir le pauvre aux faubourgs :
Je me suis tu (j'ai tort) sur le petit négoce ;
Je n'ai décrit baptême, enterrement ni noce.
A la Bourse, au Palais, je n'ai pas mis le pied ;
J'omets l'enfant chanteur et le faux estropié.
Je n'ai pas fureté le moindre bouquiniste ;

_____

(¹) J'écrivais ces vers il y a huit ans ; le malheur n'a changé ni mon éloge, ni mes espoirs.

Sur ses bruyants tréteaux, j'ai laissé le banquiste
Vanter son pélican, ses ours, son léopard,
Et son lion surpris, au piége, par Gérard :
Je pouvais, comme un autre, écouter sa fanfare,
Mais il est tard, j'ai faim, mon dîner nous sépare :
Eh bien ! même en rentrant, je rencontre un objet
Singulier qui clora très-bien notre sujet.
Quoi donc? — Un rien, de l'herbe, une pauvre chaumière
Au bout d'un cap sableux que borde un estuaire :
Une flamme pétille en cet humble manoir
Où l'on cuit quelques choux pour le repas du soir ;
Tout autour sont épars basilics, balsamines,
Lavandes, résédas ; là, deux jeunes gamines
Qu'enchante le doux ciel de la belle saison,
Font sauter un volant, de l'air, sur le gazon :
Un fouillis d'arbres nains croît dans le paysage ;
Mais ce n'est pas cela qui plaît, c'est son mirage.
L'onde luit sous le cap ; ses fleurs, ses arbrisseaux,
Sa flamme et ses bambins scintillent dans les eaux ;
Ainsi l'image est double, et, des deux, la plus belle
C'est l'image que fait flotter l'onde fidèle :
Par le prisme des flots, l'humble chaume ennobli,
Luit comme un rayon d'or que l'artiste a poli.
Le rêve est ce cristal, Raymond ; la fantaisie
Fait, au chaume, un rayon d'un grain de poésie.
En ville, comme aux champs, un rêveur curieux,
Poète, malgré lui, n'est jamais loin des cieux ;

Quand il veut, tout devient une heureuse imposture ;
Il possède un trésor immense : la nature.
Raymond, vous qu'ont séduit ses riches voluptés,
Cherchez-les, goûtez-les, même dans les cités !

Octobre 1866.

L'AME HUMAINE.

L'âme de l'homme est comme l'onde :
Comme l'onde, elle vient des cieux ;
Mais, par un vol capricieux,
Remontant sa sphère profonde,
Elle revient parmi les dieux
Pour retourner en ce bas monde,
Et cette essence vagabonde
Ne sait ce qui lui plaît le mieux.

UN PORTE-TOQUE.

Parbleu ! disait Robin, voletant vers la nue,
Parlez ! Qui me surpasse ? Ai-je même un pareil ?
— Vraiment, cria quelqu'un, vous êtes le soleil,
Car, plus cet astre monte et plus il diminue.

HÉSIODE.

Chantre des premiers temps, les filles de mémoire
T'ont livré le secret du chaos fabuleux,
Ceux de la sombre mer, de l'Hélicon neigeux,
Et des antiques dieux l'inextricable histoire.

Même du vaste éther scrutateur curieux,
Tu sais qu'un roc d'airain lancé du haut des cieux,
Pendant neuf jours entiers roulerait dans l'espace,
Avant qu'en notre sable il imprimât sa trace.

Tu sais qu'hommes et dieux, ravis de l'univers,
Comptaient sur de longs jours, sereins comme tes vers,
S'ils n'eussent ressenti ces deux tourments de l'âme :

L'anxiété qui naît de la rébellion ;
Le fiel issu du goût de la contention :
Bref, s'ils n'eussent connu les Titans et la femme.

Janvier 1866.

TRANSIBUNT.

O laboureur, dans ce sillon, tu sèmes
Le grain qui doit y rester endormi :
Puis, ce sillon recouvert à demi,
Se fermera sur ta mère, et parmi
Ses chers débris, viendront tes os eux-mêmes.

LOUIS DE POISSY.

L'homme veut se grandir, même lorsqu'il est grand;
Souvent, s'il s'amoindrit, c'est en s'exagérant.
Es-tu grand, ta grandeur le fera bien paraître;
Un nom menteur m'apprend à ne te pas connaître.

Des souverains français, toi, le plus mal famé,
De quel droit te put-on nommer *le bien-aimé?*
Et toi, du vert galant, non le fils, mais le buste,
Est-ce en tuant de Thou que tu parus *le juste?*

Il fut bien inspiré, le roi de Taillebourg,
Le chaste Louis neuf, quand, les gens de sa cour
Le pressant de choisir quelque surnom suprême :

— « Dans Poissy, leur dit-il, je reçus le saint-chrême,
« Par lui je fus chrétien, non pécheur endurci;
    « Je suis donc Louis de Poissy. »

      Avril 1860.

UNE DÉITÉ.

La fortune fait des prouesses
Si gauchement que j'en rougis :
Elle est aveugle en ses mépris,
Elle est aveugle en ses caresses,
Elle aveugle ses favoris.

DEUX ROSES

D'APRÈS GOETHE.

Certain soir, je ne sais comment,
Dans un verger, discrètement,
J'écoutais chuchoter deux roses.
L'une disait : — « Tu m'indisposes
En voulant t'égaler à moi ;
Je m'appelle rose du Roi.
Vois ma fraîcheur, vois ma corolle ;
Est-il un plus brillant symbole
De la beauté ? Puis, mon carmin
Pâlirait d'offenser la main :
Je suis éblouissante et douce ;
Ma pourpre a, pour étui, ma mousse.
Toi, rose vulgaire, on te prend
(Quand on le daigne) avec un gant ;
Car, ta tige est presque assassine.
Oh ! quelle infirmité... l'épine ! »
Sa voisine tout aussitôt
Lui dit d'un verbe un peu moins haut.
— « La Belle, c'est votre coutume
D'être insipide ; or, je parfume. »

Avril 1872.

PASSION

D'APRÈS GOETHE.

Un jour d'avril, certaine violette
Toute charmante et fraîche, mais discrète,
En son manoir herbeux, vit, un matin,
Sur les gazons, courir comme un lutin,
Telle fillette, en vérité, mignonne.
— « Dieux ! dit la fleur, la gentille personne !
Oh ! si j'étais, moi, la reine des prés
Quelques instants, un tout petit quart d'heure,
Pour que l'enfant aux menus doigts nacrés
En me cueillant me donnât pour demeure,
De son beau sein les contours adorés !
Oh ! si j'étais la plus belle des prés ! »
Bientôt, hélas ! approcha la fillette
Tout au hasard, courant de ci, de là,
Et son pied blanc écrasa la fleurette,
Laquelle, alors, doucement s'exhala
Tout en disant : — « Je meurs de ce pied-là,
Mais ce pied-là s'est posé sur ma tête,
Je l'ai baisé, ma mort est une fête. »

Avril 1872.

L'HIRONDELLE EN DÉTRESSE.

« Si je n'étais captive,
j'aimerais ce pays. »

V. HUGO.

Pourquoi là-bas, parmi les hauts herbages,
Les ajoncs verts et les frêles roseaux,
Ces cris aigus, ces pétulants tapages,
Ces tourbillons, ces noirs essaims d'oiseaux?
Une hirondelle y gît l'aile cassée,
Et mille sœurs, à cette sœur blessée,
Portent, le jour, un aliment léger;
Et quand l'aurore en gouttes irisées,
Pour l'abreuver a pleuré ses rosées,
Mille oisillons reviennent voltiger.

Qu'arrive alors pensive et curieuse,
A travers prés, quand rougit le matin,
Du chaume agreste une fille pieuse,
Au cœur qu'attriste un anxieux destin,
Elle va droit auprès de l'infortune;
Mais cent oiseaux fondent sur l'importune
Frôlent ses doigts, picotent ses cheveux;
Leur voix se plaint, leur plume s'évertue
A protéger leur compagne éperdue
Contre la main qui s'est dit : « Je la veux ! »

Doux serviteurs de l'oiseau qui, sans ailes,
Ne peut vous suivre en l'espace éthéré,
Trève aux longs cris ! notre enfant est de celles
Pour qui le sort de l'infirme est sacré.
Que pourriez-vous si, durant l'ombre intense,
Une belette, épiant en silence
L'oiseau malade, en faisait ses ébats ?
Si le brigand par qui fut mutilée
Au saut du nid, l'hirondelle esseulée,
En ravageur s'attachait à ses pas ?

Laissez l'enfant nourrir votre orpheline !
Un lait bien pur l'abreuvera sans fin ;
L'hiver ne peut la mordre en la chaumine,
OEufs ou fourmis apaiseront sa faim :
Sur les genoux de sa tendre maîtresse,
Un doux repos, choyé d'une caresse,
Clora ses yeux d'un nonchalant sommeil ;
Puis, au bahut qu'amollira la laine,
Elle attendra qu'après la nuit sereine
Sur elle brille un fragment de soleil.

Mai 1870.

PROVIDENCE.

« Dès que l'eau commence à se refroidir,
le vermisseau de la mouche éphémère s'enferme dans une coque, jusqu'à l'été. »

HIST. NATUR.

L'aquilon fait mugir les brumeuses tempêtes,
De leur dernière feuille il dégrade les bois,
Le verglas mord nos pieds, la bise fend nos têtes,
Des laboureurs transis fument les humbles toits ;
Les moutons prisonniers bêlent dans leur étable ;
Ils rêvent l'herbe tendre ou les buissons fleuris,
Et leur pâtre s'oublie au passe-temps coupable
D'étouffer l'oisillon dans ses piéges surpris.

Où sont les gais chanteurs qui peuplaient les feuillages ?
Où, ces essaims ailés d'insectes voltigeant
Dans les airs caressés de leurs légers sillages ?
Où gîsent ces fretins dans les ondes glissant
Avant que l'eau vivace, en cristal pervertie,
De l'élément fluide eût suspendu la vie ?
Où s'abrite la grive ? où sont les bleus ramiers,
Et l'agile hirondelle, et les tardifs pluviers ?

La brume a pourchassé ces races fugitives ;
Leurs bataillons épais, sur l'océan portés,
Du limpide orient ont abordé les rives ;
Ils savourent ses fruits, ils goûtent ses clartés.

L'insecte moins heureux, en sa fausse agonie
Imite le trépas pour protéger sa vie :
Il se fait larve inerte et, dans un long sommeil,
Attend qu'avril ou mai le rendent au soleil.

Un vermisseau rampant sous de glauques herbages,
Va cacher sa misère aux plis des marécages :
La vase lui suffit, et son corps, à son gré,
Du limon qui l'enduit peut vivre saturé.
L'ours fauve dort nourri, de soi, dans sa tannière ;
Un amas de trésors gît dans la fourmilière ;
Un peuple s'est blotti dans un discret terrier ;
Et que n'abrite pas le tronc d'un vieux pommier ?

Ainsi l'hiver s'épuise, ô nature indulgente,
Et tout ce qui respire est l'objet de tes soins ;
Du ver, comme de l'aigle, attentive parente,
Tu connais ton pouvoir et tu sais leurs besoins.
Tu dis au cygne : « Va, car voici le nuage
« Qui des mordants frimas est le cruel présage ;
« Cours, va chercher les flots vermeils de l'Eurotas ! »
A la larve tu dis : « Dors, pour fuir le trépas ! »

Les algues, les bourbiers, les fétus, la poussière,
Les lacs, les frais torrents, les cèdres, les rochers,
La nuit des antres sourds, les feux de la lumière,
Tout, pour toi, de la vie est le fécond rucher.

O Dieu qu'émeut le ver, aimerais-tu moins l'être
Que tu daignas douer d'âme pour te connaître ;
Cette image de toi, ce front vaste, et ces yeux
Faits pour goûter ton œuvre et contempler tes cieux ?

Méconnais-tu l'infirme étalant dans la rue,
Sa chair pâle et qui sèche en de maigres haillons ?
Ou ce prince insulté — brillant forçat — qui sue
A creuser du bonheur public les durs sillons ?
Non, l'orphelin, le pauvre et le prince lui-même,
Nés de toi, sont couvés par ta bonté suprême :
Non, tu fixas les jours que leur doit le soleil,
Et tu dis à la mort : « Prépare leur réveil ! »

      Mai 1868.

L'ÉPIGRAMME.

Epigramme fine ou sévère,
Répondez-moi, d'où sortez-vous ?
— Du monde, où nous divaguons tous :
L'épigramme en est la commère ;
On me craint, car je suis sincère ;
Car j'appelle roux, l'homme roux.

LA CONTAGION D'ÉCOMMOY.

Dans Écommoy, vous verrez une église
D'un style goth et d'un merveilleux goût :
L'ogive étroite y fourmille partout ;
Le pilier lourd, la colonnette exquise,
Le cintre haut, la voussure précise,
Les contreforts arqués, les mascarons,
Les chapiteaux fleuris, les clochetons,
Les cieux d'azur ou d'or, dans les verrières
Étincelant en mystiques lumières
Et divisant un jour mystérieux
Sur le chœur sombre et l'autel radieux,
Eveillent fort l'attrait des curieux.
Dans Ecommoy l'on sait tramer des toiles
D'un lin serré, fin, ferme, éblouissant ;
Vous y goûtez un beurre appétissant,
Frais et doré comme un rayon d'étoiles.
Allez-y voir, si vous êtes friand
D'un gîte aimable en un pays riant.
Je dis riant, car on s'y plaît à rire :
— Fi ! quel lazzi ! — Non pas, daignez me lire :
L'âpre Allemand que Chanzy retardait
Tant bien que mal, vers Ecommoy tendait
Avec canons, pétrole, obus, mitraille,
Uhlans brutaux respirant la bataille,

Reîtres nombreux qu'au vol émoustillait
De brocanteurs une abjecte canaille
Qu'un appétit de piller travaillait,
Et qu'on n'eût su nourrir d'un peu de lait.
Or, comment fuir la horde satanique,
Ou l'écarter ? Voici ce qu'on pratique:
Sur trente murs, on pend trente placards
« Avertissant messeigneurs les soudards,
« Que, dans le bourg, la noire variole
« Saisit et bête et gens, comme une folle,
« Et trousse net vingt malades par jour. »
Puis, le beffroi de la gothique tour,
Au grand soleil, comme en pleines ténèbres,
Sans trève ou paix chante des glas funèbres.
Si que l'on voit en frémir le pandour,
Qui, prudemment, s'interdit ce séjour :
Bref, monsieur part, sans demander son reste.
Sur ses talons semblait trotter la peste;
Rien n'y trottait que le rire gaulois
De l'ourdisseur de lin, du fin matois
Qui s'adjugeait et sa toile et son beurre
Et ses écus mignons, grâce à son leurre.

Qu'en pensez-vous ? Attraper le Prussien,
Est-ce d'un sot ? Pour moi, je n'en crois rien.

          Mai 1872.

LE BOUILLON DE MADAME DE GUISE.

« Je me suis déjà aperçu de leurs
« amours quand ils me croyaient
« endormi. »

SHAKESPEARE.

Phébé la blonde et mainte fille d'Eve
Ont plus d'un trait qui les font se toucher ;
Si l'une fuit, l'autre se fait chercher ;
A tout rêveur, chacune offre un doux rêve :
Que de Phébé luise un regard vermeil,
L'œil de la femme est un rayon pareil ;
Mille astres d'or, quand la lune étincelle,
Brillent autour — comme autour d'une belle
Qui sait trôner — brillent les feux charmants
De vingt soleils qu'on nomme des amants ;
Et sur ce point, voyons, sans épigramme,
Combien la lune, en son humeur, est femme :
La voici jointe à son maître et mari,
Elle s'y perd ; tout son disque a péri :
N'osant lever le moindre bout de corne,
Phébé n'est plus, devant lui, qu'une borne ;
Mais qu'il s'éloigne, et la voilà dressant
Le frais contour de son léger croissant :
Qu'il fasse encor une étape, et sa femme,
Dame Phébé, fait mieux vibrer sa flamme ;

Qu'il monte et fuie, et qu'au profond des cieux
S'aille fixer Phébus le glorieux,
Voilà Phébé qui jette sa mantille,
Ne craint plus rien, se détend, luit, pétille,
Et semble dire à tel amant transi :
« Regardez-moi, suis-je pas belle ainsi ? »
— Oui-dà ! Phébé, très-belle et très-rusée ;
Mais comme vous, fait l'épouse avisée
Qui ne bougeant, par adresse ou par peur,
Plus qu'un perdreau sous le nez du chasseur,
— Si le mari la guette, — s'émoustille
Lorsque l'époux la laisse, en jeune fille,
Quittant sans lui le manoir conjugal,
Courir aux jeux, aux champs, à noce, au bal :
Vous le saviez, parlez avec franchise,
Triste mari, mais puissant duc de Guise.

C'était en l'an, je ne sais plus lequel,
(On nous l'eût dit à l'hôtel de Lorraine :)
Le soir, au Louvre, on dansait chez la reine,
En des salons parés comme le ciel,
Avec brasiers où fumait le bétel.
Là voltigeaient, en masque, les altesses,
Dames d'atour, baronnes et duchesses...
Telle en Junon, telle en jaloux Argus,
Telle en Hébé, telle en Flore ou Vénus,
S'étaient promis d'agacer, tête à tête,

Certains muguets, princes de cette fête.
Qui donc, sinon, Quélus, et d'Epernon,
Saint-Luc, Bussy, d'Entragues, Maugiron,
Schomberg, ou bien, La Chastre, Bellegarde,
Chauny, Cossé, Saint-Aignan ? Dieu me garde
De les compter ! Je n'en finirais pas.
Eux, à leur tour, méditaient leurs fracas :
— Convenait-il de mettre, au cou, la fraise,
Ou prendrait-on cols à la milanaise ?
Sur les crevés de son pourpoint nouveau,
Serait-ce lourd de jeter le manteau ?
— Bah ! le manteau flottant sur la rapière
Bon pour la brume, est sot pour la lumière !
Puis, l'on se masque : il faut donc jusqu'au bout,
Bien travesti, qu'on soit caché surtout:
C'est là le point ; l'occasion est bonne
Pour qui se risque en célant sa personne.
« Aussi, dit l'un, ne serai-je sultan, —
« Sultan d'amour, — qu'en froc de pénitent.
« Qu'un garnement sous un habit d'hermite
« Prend de souris, s'il fait bien chattemite ! »
— « Sois capucin, sois carme ou cordelier,
« Dit l'autre, moi je serai batelier
« Et ramerai si doux que ma donzelle
« Mettra son pied mignon dans ma nacelle.
« Un astrologue, un nécromancien
« Fut mis au monde exprès pour le vaurien,

« Dit un troisième : il sait mieux qu'à confesse
« De quel crochet on ferre une maîtresse. »
— « Bien friponné! » cria Joyeuse... « Moi,
« Vous me verrez chambrière du roi ;
« Henri ce soir, pour plus de drôlerie,
« Prendra l'habit de reine de Hongrie :
« Cheveux frisés tournant sur le chignon,
« Le teint d'un lys chauffé de vermillon :
« Rubans au front ; au cou, perles et chaîne,
« Robe à bouillons, avec paniers et traîne ;
« Sa main tiendra sur un plateau de bois
« Treillissé d'or, trois petits chiens danois.
« Que de succès — pensez-vous que je mente —
« Pour notre maître et pour moi sa suivante ! »
— « Masquez-vous donc, messeigneurs, s'il vous plaît ;
« Mais un succès masqué me semble laid, »
Dit Saint-Mégrin, « le masque m'incommode,
« Et faire un faux métier n'est point ma mode. »
Ainsi jasaient (comme au tomber du soir
Vingt passereaux se chantent le revoir)
Nos jeunes fous : ou, comme au crépuscule,
Au frais du vent, un lac sonore ondule.

En ce moment, l'hôtel du Balafré
De cent flambeaux pétillait éclairé :
Là, sous un flot de capricieux rêves,
Parait son front Catherine de Clèves,

Dame de Guise ; et, par sa main choisis,
Sur ses cheveux s'allumaient cent rubis.
Femmes d'atours, avec fleurs et dentelles,
Venaient en aide au parangon des belles ;
Et Catherine, avec ses grands yeux noirs,
Se souriait à l'éclat des miroirs.
Mais le duc entre et, d'un geste, il ordonne
Qu'avec madame il ne reste personne ;
On se retire, et lui : « Ne pourriez-vous,
« Mon cher amour, ce soir, être avec nous
« (Plutôt qu'au bal) en l'hôtel de Lorraine ?
« — Vraiment ! fit-elle, et qu'en dirait la reine ?
« — La reine ! Bah !... Qu'en dirait Saint-Mégrin ? »
Reprit le duc ; « car vous jouez au fin,
« Mon doux Cateau : ce mignon de couchette,
« Je le sais trop, depuis longtemps vous guette ;
« Veillez sur vous ! Une femme de bien,
« Une de Guise, est grave en son maintien ;
« Non qu'un falot me porte un gros ombrage :
« Vous êtes belle et n'êtes pas moins sage ;
« Mais... — Oh ! cher duc, Saint-Mégrin, fût-il roi,
« Perdrait son temps, confiez-vous à moi. »
Le duc sortit ; mais que fit la duchesse ?
En doutez-vous ? Elle fixa la tresse
De ses cheveux avec l'aiguille d'or
Que ses doigts blancs, troublés, tenaient encor ;
Puis le satin, le velours et la moire

Vinrent baiser ses épaules d'ivoire,
Et, sur son bras, des serpents étoilés
Tordaient leurs flancs d'un fauve émail voilés.
Tel apparaît, quand la nuit s'évapore,
Le frais Vesper qui luit avant l'aurore.

Ce fut un cri quand on la vit, au bal
Entrer en reine avec une cohorte
De beaux Lorrains, sa riche et noble escorte,
Au bras vaillant, au regard martial :
Le menuet s'interrompit pour elle,
Puis mille voix chuchotaient : Qu'elle est belle !
Et Saint-Mégrin craignit plus d'un rival.
Dire combien l'on fêta Catherine
Serait fort long : tout lecteur le devine.
Roi qu'on néglige en est humilié !
Le roi le fut ; il se crut oublié.
Malgré son fard, percé de jalousie,
Henri pâlit, en reine de Hongrie ;
Et ses danois, n'étant plus caressés,
Dormaient au mieux, l'un sur l'autre entassés.
Sur ce, pourtant, s'organise une bande
Brûlant d'ouvrir la molle sarabande :
Sus donc, rebecs et violes d'amour !
Flûtes, hautbois, soufflez jusques au jour !
Harpes, tintez ! vous, vibrez, castagnettes !
Et vous, tonnez, tambours, cors et trompettes !

Qui ne s'ébranle à leur puissant refrain?
Mais qui surtout? — De Guise et Saint-Mégrin.
Les dieux jumeaux, les deux frères d'Hélène,
Se quittaient plus durant la nuit d'ébène,
Qu'on n'eût pu voir dans le bal radieux
Se séparer ce couple harmonieux.
Qu'il fut galant au ballet d'*Ariane !*
Et qui sut mieux ennoblir la pavane!
Guise, à Vénus, fit succéder Junon,
Et son Phébus eût pu vaincre Python:
Ce qu'il fallait, c'était vaincre l'ivresse
Qu'on puise trop dans la vapeur traîtresse
Qu'on nomme amour ; on vit nos jeunes gens
Réprimant peu leurs doux emportemens
Non criminels, mais le pouvant paraître,
En pleine cour, presque, se compromettre.
Femme est coquette, et lorsque son galant
Pique son cœur, ce cœur est indulgent.
Et puis... quoi donc? point de coquetterie ?...
Vous seriez donc, femmes sans industrie?
Quel meurtre! Mais, plutôt on pourra voir
Un corbeau blanc, doublé d'un cygne noir.
Bref... l'Amour fit ici ce qu'il dut faire.
Le duc aussi... De Guise par son frère
Bien averti qu'on le diffame au bal,
Médite un trait, juste mais infernal.
Un Villequier, pour alléger son âme

De soins jaloux, avait occis sa femme
Par le poignard, jusque dans son boudoir,
Et celle aussi qui tenait son miroir:
Que ne pouvait donc faire un duc de Guise?
Le coq chantait; déjà soufflait la bise;
Il était lors quatre heures du matin,
Devers Noël; du bal c'était la fin.
Du Louvre sort une immense cohue:
Mules et gens piétinent dans la rue;
Carosses lourds, traînés de forts chevaux,
Rentrent chez eux escortés de flambeaux:
Et Catherine ayant baisé la reine,
Regagne enfin son hôtel de Lorraine.

Or écoutez : elle est à peine au lit,
Qu'à son chevet s'entend un léger bruit;
Sa porte glisse, on la ferme, et deux hommes
A ses côtés simulent deux fantômes:
C'est le duc seul, et son maître d'hôtel,
Chacun debout, comme un prêtre à l'autel.
« Madame, un bal quitté trop tard, épuise,
« Dit froidement, mais fortement de Guise:
« Mon maître-queux vous porte un réveillon
« Fait avec soin ; prenez, c'est un bouillon.
— « Un bouillon, moi! Mais je n'en ai que faire!
Dit en tremblant la dame trop légère.
« Henri!... » — « Buvez! reprit avec hauteur

Le duc. — « Du moins, par grâce, un confesseur !
« Pitié!.., — Madame, ici n'entre personne
« En ce moment : Buvez! je vous l'ordonne. »
C'était précis; la duchesse avala
L'épais breuvage, et sa porte on scella.
Qui nous dira ce que puisa la Belle
De noirs frissons, dans la royale écuelle
D'argent massif où le noble écusson
Lorrain parait une affreuse boisson ?
« Adieu, beaux jours! adieu, Mégrin, jeunesse!
« Mourir, ô ciel!... et mourir sans confesse,
« Passer du bal dans les feux éternels !
« Bientôt!... déjà!... Soyez maudits, cruels!
« Ciel! oh! quel froid, et ma tête est ardente !
« Mon corps se crispe, et ma bouche est stridente!
« J'écume... Hélas! je passe... » Et le sommeil,
Un sommeil lourd l'oppresse... A son réveil,
Le duc est là : — « Convenez-en, ma mie,
« Je vous ai fait une dure insomnie,
« Dit-il; mais vous aussi, combien de fois
« N'avez-vous pas mis mon cœur aux abois,
« (Cent nuits, c'est peu) par votre étourderie ?
« Mon bouillon n'est qu'une purée aux pois;
« Faisons la paix... plus de coquetterie,
« Plus de bouillon : *Saint-Mégrin fût-il roi*,
« Mourra plutôt, *confiez-vous à moi*. »

Elle pleura, sourit tout comme l'aube
Qu'un voile humide à peine aux yeux dérobe,
Et puis se tut, de peur de mal parler.
N'ai-je pas dit qu'on n'ose sourciller
Devant son maître, et que lorsqu'il s'absente,
Femme s'anime et devient moins prudente ?
Guise pourtant n'est pas un tel époux
Qu'il soit plaisant de le rendre jaloux,
Et Saint-Mégrin l'apprendra trop peut-être.
En attendant, lecteur, veuillez connaître
Certain précepte utile à votre honneur :
   « Faites pièce à qui vous fait peur ! »

    Avril 1867.

A TEL DÉPUTÉ.

Cher député, mastroquet d'importance,
Qu'un vote, en bloc, mit parmi les élus,
Chez toi, dis-nous, qu'admire-t-on plus :
Ta suffisance ou ton insuffisance ?

TUER LE TEMPS.

Quand je joue au trictrac, quand je bâille aux *Revues*,
Quand je lis des journaux les motions cornues ;
Quand je fais pis cent fois que de ne faire rien,
Je tue alors le temps, mais il me le rend bien.

CE QUI FUIT.

Voyez-vous le long du ruisseau,
Comme un rayon du crépuscule,
La mince et longue libellule
Qui se mire et flotte sur l'eau ?
Son prestige est toujours nouveau :
La voici couleur d'émeraude ;
Ou bien, la voyez-vous qui rôde
Comme un écrin d'azur changeant,
Tantôt jais, tantôt diamant ;
Tantôt pourpre et tantôt bleuâtre
Comme le front du firmament ?
Quels reflets ! quel bruissement !
Je voudrais saisir cette chose
Si frêle, et qui fuit constamment.
Bon ! la sémillante se pose
Sur une tige de froment ;
Amis, halte ! pour un moment.
Chut ! Je la tiens, je tiens la Belle.
Mais quoi ! plus rien ?... plus d'étincelle,
Plus d'éclairs, plus de coloris ?
Mon Dieu ! qu'est-ce donc que j'ai pris ?
Une larve molle et brunâtre,
Quelque chose de violâtre,
Sans forme, sans teinte et sans prix...

Que de gens sont ainsi surpris
Quand ils décomposent le charme
Qui leur valut plus d'une larme,
Et goûtent, après mainte alarme,
Un bonheur que suit un mépris !

Avril 1872.

AU PALAIS.

Je vous ai vu tantôt, chaque œil baissé,
Faire un doux et merveilleux somme ;
Et moi je disais : l'heureux homme !
Il n'entend rien, non plus qu'un trépassé.

L'ÉCUYER SUSPECT.

Sur la loi je suis à cheval,
S'écriait, d'un ton doctoral,
Certain jour l'avocat Potendre.
— On pourrait vous en voir descendre,
Potendre, lui dit-on, car c'est jouer gros jeu
De monter un cheval que l'on connaît si peu.

LE TERRORISTE.

Terroriste menteur, prêchant, en bon apôtre,
Qu'un homme est criminel quand il en tue un autre
Dans l'intérêt commun, conformément aux lois,
Quand lois, mœurs, tribunaux l'exigent à la fois;

Réponds-moi, s'il te plaît; qui te donne à toi-même
Le droit d'assassiner un peuple par système?
D'atteindre un faux délit par un faux jugement,
Et d'être impitoyable et lâche impunément?

Impunément! oh! non; tu sais que tes victimes
Trouvent, à l'heure écrite, un vengeur de tes crimes
Et que fort, — trop longtemps, —tu cèdes au plus fort.

Que t'a servi le sang, depuis que tu le verses?
A t-il donné la vie aux songes que tu berces?
Non, car Dieu seul fait vivre... un ver donne la mort.

Novembre 1865.

LE RÉPUBLICAIN.

Monsieur, vous condamnez, mais vous cherchez l'empire;
Vous courez les faveurs, vous vous moquez des droits:
Vous avez plus d'orgueil que n'en ont plusieurs rois...
— D'un homme de ma trempe oser ainsi médire!
Je suis républicain; — c'est ce que je veux dire.

MOURIR SEUL!

« Sustine! »

Homme, il te faut mourir ; tu ne sais comment faire,
Tu n'as, à ton chevet, ni parent ni notaire,
Et même ton chevet c'est peut-être un rocher,
Un tertre, une broussaille où tu te viens coucher.

— Oh! malheur ; mais qui donc fermera ma paupière?
— Quoi! tes yeux ne sauraient mourir à la lumière!
Qui ferme l'œil de l'aigle, éperdu dans les airs,
Ou celui du soldat tombé les flancs ouverts?

Dans ton étroit carnier, quand la perdrix saignante
Etouffe et meurt, qui donc la berce palpitante?
Comment mourra la fleur qu'emporte un tourbillon?

Oh! que le mal nous sait atteindre en trahison!
Mon cœur, mon pauvre cœur, on t'a brisé, repose,
Repose et clos ta mort, comme ta vie est close!

Décembre 1874.

NOS ROMANS MODERNES.

Il fut plus d'un roman dont on disait jadis :
« La mère en permettra la lecture à sa fille. »
Aujourd'hui, nos romans ne sont que pour le drille ;
Quel père en permettrait la lecture à son fils ?

13

LES DEUX CHAPERONS.

Jean Fromentel, était un rude huissier
Se couchant tard, se levant de bonne heure ;
Donnant aux soins d'un inquiet métier
Trop de sa nuit; et, le jour tout entier
Plutôt dehors que fixe en sa demeure.
Là, toutefois, germaient en leur printemps,
Deux jeunes sœurs dont l'une ayant nom Rose,
Bouton de mai, frêle et charmante chose,
Rose en effet comme on l'est à seize ans
Plus onze mois, avait pour sœur cadette
D'un an bien juste, un sylphe aimé, Jeannette.
Jeanne au teint mat ignorait le carmin;
Mais quels yeux noirs et longs! quelle peau blanche !
Jeanne était souple autant qu'une pervenche
Et droite ainsi qu'une fleur de jasmin.
Or, je ne sais quel attrait surhumain,
Quel doux démon poussa Rose au théâtre;
On l'y reçut, elle y fit son chemin
Rapidement; car, naïve et folâtre,
On l'admirait aux rôles sémillants,
Frais, ingénus, qui supposent seize ans.
Qui n'eût aimé la voir en jeune page ?
Ou bien en fille à peine éclose et sage,
Aux cils baissés, qu'un oncle paternel
En ses desseins, veut conduire à l'autel,

Le voile au front, pour un neveu qu'il aime !
De son côté Jeanne est près de sa sœur
— Vif chaperon, — s'étonnant elle-même
Qu'on veuille bien l'accepter pour tuteur ;
Mais être deux impose au séducteur ;
Lorsqu'on est deux, vienne le loup ! qu'importe
Voici pourtant que, certain jour, on porte
Au directeur du théâtre un avis
Du régisseur disant que « (trop morose
Et demi-folle) il n'obtient rien de Rose,
Laquelle inerte, ou jetant les hauts cris,
Refuse net ses rôles favoris,
Surtout celui de fillette et de page.
Que faire donc ? » — Le directeur surpris
Appelle Rose et lui tient un langage
Tout anodin : « N'est-il pas bien dommage
« Qu'avec des traits exquis, un vrai talent,
« On soit d'humeur indocile et sauvage?
« Rose, allons donc, un peu d'épanchement !
« Je m'y connais, vous avez un tourment
« Caché ; parlez, dites-m'en quelque chose ! »
On vit alors pâlir et trembler Rose,
Puis ent'rouvrant son mantelet : « Voilà,
« Dit-elle en pleurs, mon grand chagrin, ma crainte;
« Mon père va me voir, me voir enceinte,
« Il me tuera. » — « Bon! n'est-ce que cela ? »
Fit le patron, « je me charge du père ;

« C'est un ami, j'arrangerai l'affaire,
« Ne pleurez plus Rosa ! » Mais le tuteur,
Le jasmin Jeanne, aux pieds du directeur,
Larmoyait fort et non moins que sœur Rose :
— « Mon bon monsieur, en arrangeant la chose
« Pour mon aînée, ayez quelque souci
« De la cadette ; hélas ! ici pour cause
« Je pleure fort, car j'ai bien peur aussi. »
Puis, manteau bas : — « Monsieur, voyez ceci ! »
Elle montrait le même cas que Rose !

Juin 1873.

L'AVINÉ.

Certain jour de verglas, je rencontre un maraud
Tout fumeux, titubant et fatigant la rue :
— Citoyen, me dit-il, sur moi jetant la vue,
Que penses-tu du froid ? — Je crois qu'il te rend chaud.

MOUCHE ET CRITIQUE.

Si je mets une mouche à bas,
Il m'en tombe deux sur la face :
Le critique est de même race ;
Cognez celui qui vous agace,
Vous en aurez deux sur les bras.

L'ANE SENSIBLE.

« La douceur est une force. »

L'âne n'est pas si bête que l'on pense ;
Je sais un cas récent et sérieux
Qui montre en lui subtile intelligence ;
Le trait est sûr, autant que curieux :
J'aime à conter ce qu'ont bien vu mes yeux.

Or, à Lyon, sous un soleil d'automne,
En tel quai large et frais qu'aime la Saône,
Où l'on entend voler certains caquets,
Ci, pour du flan ; plus bas, pour des croquets,
Pour des citrons respirant l'Italie ;
Où, survenant, bouquetière jolie
Vous dit : « Monsieur, voulez-vous du muguet? »
Vous persécute et, de sa main polie,
Bon gré, malgré, vous fait prendre un bouquet;
Donc, en ce lieu (mon esprit ne l'oublie)
Je vois, un jour, trente oisifs ahuris
Contre un croquant, d'ire ou de vin surpris,
Lequel battait trop fort, je vous le jure,
Un âne brun d'assez maigre structure
Et paraissant en marbre être changé.
« Veux-tu marcher? » criait son enragé
De maître ; « oh ! marche, marche, ou je t'assomme. »

Rien ne bougeait, et la bête de somme
Devenait fer sous les coups du bâton.
— « Oh ! le brutal, » criait sous le menton
Du meurtrisseur, telle femme attendrie ;
— « A l'eau ! » hurlait telle bouche en furie.
— « Non pas, » disait, grave comme au sermon,
Tel maître clerc ; « messieurs, la loi Grammont
Fut faite exprès pour protéger la bête
D'un rustre ayant plus de bras que de tête,
Et celui-ci vaut moins que son baudet. »
— « Oh ! oh ! comment faudra-t-il, s'il vous plaît, »
Dit le butor, « s'y prendre afin que l'âne,
Mon serviteur, veuille bien me servir ?
Par quel secret m'en verrai-je obéir
Si mon bâton n'accourt lorsqu'il chicane ?
Bon ! j'ai compris ; il me faut recourir
Aux procédés mignons, pour l'attendrir ;
Soit, j'y souscris, eh ! bien, messieurs, silence !
Soyons poli, m'y voici, je commence :
« Monsieur mon âne, oh ! voyez... chapeau bas
« Je vous en prie, allons, pressez le pas ;
» Faites-moi voir, douce et charmante bête,
« Pour vous mener qu'il suffit d'être honnête ;
« Allons, marchez, marchez, mon bel infant ! »
M'en croirez-vous ? Notre âne triomphant
D'être à ce point honoré, fit merveille ;
Car redressant l'une, puis l'autre oreille

Et saluant son maître d'un hoquet,
Il fut tout nerfs et partit comme un trait.

Ami lecteur, j'ai vu cela, te dis-je ;
Meurs, s'il le faut, mais soutiens le prodige !

Mai 1872.

UN NOUVEL IMPOT.

Si l'on imposait la sottise,
Et que l'impôt fût progressif,
Il serait vraiment excessif
Pour tel qui le vote ; et l'assise
De sa cote, au prix du tarif,
Lui prendrait jusqu'à sa chemise.

L'ÉPOUX MALTRAITÉ.

Un mari, des époux le pire,
A sa femme donne la mort.
On l'arrête, il maudit le sort;
Devant le cadavre il soupire :
« Malheureuse, dit-il, étions-nous ennemis?
Vois dans quel état tu m'as mis ! »

NOS SAUVEURS.

> « Aude aliquid, brevibus Gyaris et carcere
> « dignum, si vis esse aliquis !.. »
>
> JUVÉNAL.

Quand la France se tord et râle sous le nombre
De ceux qui l'ont blessée à distance et dans l'ombre,
Il lui pleut des sauveurs, de mille estaminets ;
On en trouve un beau choix dans tous les cabarets :
Pour colonels, comptez vingt souteneurs de filles ;
Pour lieutenants, voici tout un clan de gorilles,
D'argousins, au rabais, de tel impur journal,
De monstrueux filous que fait fleurir le mal,
De gargotiers crasseux exploitant Belleville,
Et puis, de cent escrocs râpés la tourbe vile :
Etudiants vieillis dans les cafés grivois,
Soudards stigmatisés, brocanteurs aux abois,
Grands et petits crevés courant après la chance
D'extorquer, au péril d'autrui, quelque chevance,
Mais craignant, pour leur peau sensible, un horion ;
Nés putois, nés blaireaux et, n'ayant du lion
Que du poil sous la lèvre, et sur leur fade tête
Qu'un fouillis de crins plats dont rougirait la bête.
Enfin, qui compterait les flots de garnements,
De pitres, de bandits, fléaux de leurs parents,
Lèpre de leur pays, qu'il convient que la France

Gâte, galonne, héberge, arme de préférence
A ses propres enfants meurtris et mal vêtus?
Il nous faut des vaillants, il nous faut des vertus;
Voici, criez bravo! des baveurs de paroles;
Leur suite, applaudissez! quel riche écrin de drôles!...
Préfets, maires, geôliers, juges, coupe-jarrets,
Que voulez-vous qu'ils soient? Commandez, ils sont prêts.
Qu'importe l'acte impur s'ils palpent de beaux gages?
Saisir, mettre en lieu sûr, insulter des ôtages,
Les mutiler saignants dans l'ombre des préaux,
Couper leurs doigts éteints pour voler leurs anneaux,
Alléger les mourants de leur porte-monnaies,
Pour ces doux puritains, ce sont des choses gaies,
Et, s'il faut du pétrole, enfin, Paris saura
L'essai que, sur Paris, la truande en fera.
Vive Dieu! le forfait n'est pas ce qui les gêne.
Mais si Paris sanglotte et si la mort y graine,
Si le boulet y pleut, s'il y manque du pain,
Si l'on n'y voit fleurir que le sang et la faim,
Si Paris est un gouffre infect, vaste, insondable,
De ce que l'univers vomit de plus coupable,
La cause en est un peu, Trochu m'en est témoin,
Dans le goût de rubans choisis, et dans le soin
Que mit à se parer une femme fort belle,
Impératrice, jeune, aimant trop la dentelle
Ou bien la svelte gaze aux larges plis traînants,
Ou, sur l'or des colliers, le feu des diamants,

13.

Ou les fins éventails miroitant de paillettes,
Ou les fauves bouquets sertis de violettes.
Quel prodige à troubler un soldat né breton,
Catholique, et d'ailleurs tout aigri du bâton
De maréchal, bâton qu'il lui fâchait d'attendre!
Au lieu de l'espérer, il valait mieux le prendre;
Il le prit, ou du moins surprit l'équivalent :
Bref, il fit... ce qu'on sait... et fut gouvernement.
Mais laissons là Paris et son fétiche étrange
Semer leur anarchie et récolter sa fange.

La Province, oh ! c'est là qu'étaient les braves cœurs,
Le sang des fiers, les bras des rudes laboureurs;
Là, des gars imprégnés de la foi de leurs pères,
Vivant de soins pieux, nourris de mœurs austères ;
De jeunes châtelains dédaignant leur cimier,
Mais purs comme l'or vrai, fermes comme l'acier,
Au cri de leur pays courant offrir leur vie,
Que la mort a fauchés, qu'a respectés l'envie,
Et qui dorment enfin, dans l'immortel repos,
Du radieux sommeil, digne des seuls héros.
Ceux-là furent nommés les vaillants de la Loire ;
Ceux-là surent mourir; d'autres aimant mieux boire,
Ripailler à plein ventre, en vrais républicains
Eclos dans la taverne et, valeureux coquins
Quand il s'agit d'atteindre un sergent de police
Pour le noyer et pour varier son supplice

S'il est bien seul et s'ils sont vingt pour l'achever ;
Ceux-là se battaient peu, mais savaient s'abreuver.
Conduits par des routiers vagabonds d'Italie,
Ceux-là, gras et pourvus, menaient grand train leur vie :
D'autres, avaient deux pieds de neige pour grabat ;
Eux, trouvaient dans la ferme un abri délicat ;
Dans la ferme ; oh ! non pas, la ferme est trop morose.
Une sainte maison était-elle bien close
Aux profanes, c'est là que nos fervents quêteurs
Savaient de l'humble office épuiser les faveurs,
Vider, après la huche, une cave modeste,
Et puis, ayant tout pris, laisser à Dieu le reste.
Si le froid les mordait, ils brisaient les panneaux
En chêne brun, sculptés, et réchauffaient leurs peaux.
Pour rôtir un agneau, pour cuire une omelette,
Vingt livres précieux dormant sur leur tablette
Par ces nouveaux docteurs dans le foyer jetés,
De leur vaste appétit hâtaient les voluptés.
Melchisédech Crémieux, leur mage et leur Sénèque,
Déjeûnait du curé, dînait de l'archevêque,
Et monseigneur de Tours sut ce qu'il en coûtait
Pour régaler si bien un ministre si laid.
Vieux enfant de Juda, vraiment je te pardonne,
Ainsi qu'à tes féaux Garibaldi, Bordonne,
D'avoir taxé, tondu si scrupuleusement
Ceux qui vous faisaient honte en vivant saintement.
Ceux-là ne fraudaient point du pape, l'Italie ;

Ceux-là n'inventaient pas l'infime comédie
De mieux battre la Prusse en peuplant les parquets
D'ineptes matassins qui fuyaient les boulets.
Ceux-là n'exigeaient pas d'un juge inamovible
Sa chute, afin qu'il eût un sot pour successible :
Mais qui vous eût appris, maltôtiers de malheurs,
Tout le pouvoir d'un prêtre au centre des douleurs,
Dont le sang, la famine, un hiver funéraire
Sèment, comme à l'envi, les sentiers de la guerre ?
Bordone, tes onguents, les payât-on bien cher,
Ne font pas que râler la mort ne soit amer,
Et, quand la mort exhale une dernière plainte,
Quel bien lui feriez-vous, ô regorgeurs d'absinthe,
Flasques boulevardiers, journalistes menteurs,
Clubistes venimeux, avares fournisseurs
Par qui nos derniers preux, outragés de chaussures
Faites de détritus qu'attestent vingt fêlures,
Sont drapés de tissus si maigres que, souvent,
Il suffit, pour y mettre un trou, d'un coup de vent.
Libres hableurs, venez, il est là sur la terre,
Il saigne, il n'en peut plus, il invoque sa mère,
Cet enfant dont l'obus a rompu le côté :
Que savez-vous lui dire en cette extrémité ?
Approche donc ta face, ô détestable athée !
Apaise, si tu peux, cette âme tourmentée !
Dis-lui... mais non, va-t-en, car tu lui fais horreur ;
Sa tristesse, par toi, tournerait en fureur ;

Va-t-en, laisse approcher cet homme dont le maître
Ressuscite nos cœurs; va-t-en, fais place au prêtre!
Oh! mon fils, dans ses bras que tu meurs doucement!
Mais pour ta mère aussi quel doux allégement
De songer qu'investi de l'éternelle vie,
Tu ne peux l'oublier, elle qui ne t'oublie!
Que sais-je? et ton supplice, à l'incrédule, affreux,
Ici, grâce au pasteur, peut faire deux heureux.
Mais passons, qui n'entend cela, sinon l'athée?
On vous tolère trop, ribaudaille empestée;
Vous vous en prévalez et ne supportez rien
De ce qui, malgré vous, est honnête et chrétien:
Par vous, un mort sacré, bienfaiteur, gendre ou père,
Est traité comme un bœuf lépreux que l'on enterre;
Par vous, nos magistrats captifs des malfaiteurs
Durent presque rougir de leurs libérateurs.
Je vous ai vus, le soir, chassepot aux épaules,
Gardes nationaux prétendus, mais vrais drôles,
Au bruit de vos tambours, chasser votre préfet
Comme on ne chasse pas un indigne valet
Et hisser aux balcons, pour l'asseoir à sa place,
Un Seigne, un Cluseret, ou tout autre paillasse
Désigné, pour la gaule, ou mieux, pour le bâton.
Je vous ai vus courir, à l'appel du clairon,
Vingt mille, l'arme au bras, la nuit, torche allumée,
Contre un vieillard bien seul, mais général d'armée,
Et puis beugler autour de ce butin nouveau :

« A mort le général! le vieux Mazure, à l'eau! »
Pourquoi pas ? Outragé par vos femmes honnêtes,
Accusé par vos clubs et par vos proxénètes,
Ne pouvait-il tomber sur un sanglant préau
Comme on y vit râler le commandant Arnaud ?
O sauveurs, ce sont là vos gestes mémorables !
Mais de quel crime abject n'êtes-vous point capables ?
Paris le sait, Paris!... Sur lui, tonnez, Milton !
Bast! chantez-nous Paris, Vidocq et Charenton!...
Moi, je m'en tais; pourtant, comme épave dernière,
Muse, vers le Très-Haut porte cette prière :
« Maître de l'univers, tout respire en ta main;
« Nous sommes, je l'avoue, un peuple immonde et vain;
« Le malheur qui corrige est pour nous une peste ;
« Nos cœurs étaient malsains, tu vois ce qu'est leur reste.
« Nous ne nous plaisons plus qu'aux chants des histrions ;
« Ce dont il faut frémir, moqueurs, nous en rions ;
« Notre théâtre pue, et nos livres infâmes
« Ne nous vantent que l'or ou que la chair des femmes;
« Pour nous, l'autel n'est plus ; le ciel n'existe pas;
« Jamais l'honneur français n'eût cru tomber si bas ;
« Le monstre désormais rêvera notre histoire,
« Nous aimons les affronts comme autrefois la gloire...
« Eh bien! grand Jéhovah, si nos cœurs énervés
« N'ont de chauds battements que pour les dépravés,
« Si nous nous aimons serfs de notre populace,
« Si son gourdin nous plaît, si nous baisons sa crasse,

« Si l'on nous trouve infects, si nous sommes de ceux
« Qu'on ne peut épurer qu'en les noyant de feux,
« Maître, sois véhément; condense ton tonnerre;
« Fais de nous la pitié des cieux et de la terre;
« Viens, frappe, fauche, écrase, épuise tes fureurs,
« Détruis!... mais sauve-nous du moins de nos sauveurs! »

  Avril 1874.

AU POLITIQUE VIOLENT.

Crains celui qui te craint, fusses-tu même Hercule!
Le faible qu'on meurtrit, le poltron qu'on·accule,
Résistent pour ne pas mourir impunément :
Un nain pourra grandir à son dernier moment.
Le frêle serpenteau qui se tortille à terre,
Empoisonne en mourant le poignet qui le serre;
Tel chat maigre, assailli d'un chien prodigieux,
Souvent, d'un dernier coup, l'a privé de ses yeux.
Tyran, ne trouve point ton opprimé si lâche
Qu'il te plaise ignorer s'il rit ou s'il se fâche.
Sois prudent; il n'est pas d'impuissant ennemi :
Crois-moi, n'irrite pas, sans cause, une fourmi!

LE RUSTRE ET LA CIGOGNE.

Quand on voit un oiseau flotter près de la nue,
    Si ce n'est l'aigle, c'est la grue :
Mais l'échassier vorace aime aussi le sillon
Qu'a fécondé le bœuf piqué de l'aiguillon;
Germe ou tige, la grue en dépouille la terre;
Le laboureur l'abhorre ; elle le désespère.
    La cigogne est un autre oiseau
  Moins gros, point dangereux au blé, plus beau :
Son pied semble empourpré; sa plume, si je l'ose
Affirmer, est un lys; son bec est presque rose.
La cigogne est très-âpre aux taupes, aux serpents;
Elle court aux souris, s'escrime à leurs dépens,
Elle en purge le sol; mais surtout elle brille
Par un sublime instinct, par l'esprit de famille.
Cependant certain jour, le long de ses guérets,
Un rustre avait tendu subitement ses rets :
Quel bonheur ! il y trouve enfin plus d'une grue!
Et puis clopin clopant, au piége était venue
Cigogne encor novice, ignorant les dangers
Qu'on court à fréquenter, jeune, des étrangers.
Là voilà prise, ayant tout son cou dans la corde,
Se débattant au mieux, criant miséricorde
Et suppliant celui qui rit de son malheur,
D'écouter ses raisons, si ce n'est sa douleur :

— « Je ne suis pas, dit-elle, une grue et peut-être
A d'utiles vertus on me pourrait connaître.
Je vide vos enclos de mulots, de serpents,
J'ai le respect des miens, je nourris mes parents :
La grue est presque fauve et je suis assez blanche ;
Elle marche un peu sec, j'ondule sur ma hanche ;
Son bec est presque vert, le mien presque vermeil ;
Son pied n'est pas mon pied ; en nous, rien n'est pareil :
Je suis mince, elle est grosse ; elle est brune, et moi blonde ;
Grâce ! distinguez-nous ! » — « Vous moquez-vous du monde,
Dit, en la dépêchant, le rustique lourdaud :
Que vous soyez cigogne ou grue, il ne m'en chaut.
La grue et vous, serez gibier pour ma cuisine ;
Si vous n'êtes sa sœur, vous êtes sa cousine.
Qui pâturait ici, tantôt, mes gerbillons ?
Qui gâtait mes travaux ? qui fauchait mes sillons ?
N'étiez-vous pas avec cette maudite engeance
Qui piétine mes prés, ou vit de ma chevance ?
A fréquenter les gens méchants, on est méchant. »
Pensant qu'il parlait d'or, le rustre était tranchant.
La cigogne périt ; ainsi périt quiconque,
Pris avec les mauvais, dépend d'un sot quelconque.

Août 1869.

LE PARADIS.

Ce jour, Paris était tout en émoi :
Dans Notre-Dame, avec magnificence,
On fêtoyait la pudique naissance
De tel bâtard, frais venu, du grand roi.
La cour y vint ainsi qu'en un tournoi :
Vous n'eussiez vu que cordons bleus, paillettes,
Plaques, galons, plumes, or, aiguillettes,
Parant marquis, vicomtes, ducs, et pairs,
Et chambellans, ou bien, gens aux grands airs.
Il n'était plus de femmes aux ruelles ;
Toutes brûlaient d'étaler leurs dentelles,
Leurs nœuds, leur moire et les fins ornements
Sur lesquels luit l'éclair des diamants.
Là, quel évêque eût manqué de paraître
Pour honorer le bâtard de son maître,
Ou, qu'en eût dit le soir Sa Majesté ?
Le délinquant s'en fût vu mal noté ;
Mais il eût cru souiller sa conscience,
S'il n'eût au temple, avec sa suffisance,
Porté l'appoint de sa servilité.
Puis, que d'abbés mondains ! En vérité,
Ce n'étaient là que surplis et qu'étoles,
Crosses, rochets, mîtres et têtes folles.
L'orgue déjà préludait au sermon ;

Le maître-autel pétillait de bougies
Et mille voix, autour du chœur, surgies,
Offraient à Dieu le règne et le poupôn :
Et lors, combien d'une exquise façon
Fumait l'encens poussé jusqu'aux verrières
Où chatoyaient de mystiques lumières !
Chants et parfums, rayons, monde enchanté,
Orgues, abbés, mîtres, sermon vanté,
Firent pâmer une jeune novice
Qui crut, du ciel, goûter quelque prémice :
Fille naïve, ainsi qu'au temps jadis,
— « Serais-je pas, dit-elle, en paradis ? »
— « Y pensez-vous ? répondit sa voisine,
Femme plus mûre et de langue assez fine,
Chère innocente, hélas, il n'entre pas
Au paradis, tant et de tels prélats. »

Novembre 1869.

COMPASSION.

Jeanne, voici deux longues heures
Que je te vois seule et pleurer :
Moi je voudrais te rassurer,
Mais n'est-ce pas lui que tu pleures ?

DIVERSION.

Allons, encor du vin, des jeux, de la folie ;
Il est si peu de jours fortunés dans la vie !
Oui, mais quand le cœur saigne et nourrit la douleur,
Combien la joie est fausse et le souris menteur !
Lorsqu'en un jour d'été, s'épanchant d'un nuage,
L'arc aux tendres couleurs présente son mirage
Au milieu d'un ciel trouble et d'un air pluvieux,
Ses reflets irisés, ses prismes radieux
Rendant le jour plus faux et l'orage plus sombre,
Ce peu qui luit ajoute une tristesse à l'ombre :
Ou bien, au lit de sable où roule un pur cristal,
Si l'informe reptile, au marcher inégal,
Au dos glauque et visqueux, à la tête aplatie,
Traîne languissamment sa machine engourdie,
Le frais de l'onde a beau provoquer nos désirs,
La bête qui s'y vautre attente à nos plaisirs :
Ainsi, d'un cœur blessé, l'épine enracinée
Irrite la morsure aiguë, envenimée ;
Et, sitôt qu'il palpite à quelque volupté,
Le navre, et le ramène à son infirmité...
Parjure, me trahir !... moi, ton serf, et si tendre !
Oh ! malheur à celui que ta voix peut surprendre !
Malheur à qui ne sait combattre ton regard,
Ou mentir comme il ment, et, rendre vain ton art !...
Pourtant, si tu voulais, que je voudrais encore

De ton charmant réveil précipiter l'aurore
Et me perdre en ces jours si pleins, si paresseux
Où seul, mais près de toi, mes yeux buvaient tes yeux :
O malheur de ma vie, ô mon charme suprême,
Perfide à mépriser ; mais perfide que j'aime !...

Juillet 1866.

LE BROCHET.

D'un étang d'eau limpide, un brochet nourrisson
S'accrocha, puis pendit au bout d'un hameçon
Que tirait avec art, un amateur insigne
Du souple et long roseau qui s'est appelé ligne.
Ce poisson bien en chair et gros, était de ceux
Qui mangent leurs voisins nés dans les flots comme eux,
Et se font un piquant ragoût des misérables.
　　A son tour, des mains redoutables
　　L'ayant pris, il fait le câlin :
　　— « Quel malheur ! J'avais, ce matin,
　　Combiné, dit-il, une fête
　　Auguste et douce autant qu'honnête :
　　Ma fille épouse un brocheton
　　Des mieux faits et du meilleur ton ;
　　Cent invités vont, pour la noce,
　　Accourir du pays de Beauce ;

Nos parents sont au rendez-vous,
Gratulant les futurs époux ;
Le curé presse, et le notaire
A porté tout le nécessaire
Pour le contrat... Jésus! Seigneur!
Comment le signerai-je ? Ah ! laissez-moi, monsieur,
Remplir, en ce grand jour, le saint devoir d'un père! »
    Le pêcheur était un compère
Point doux, mais juste ; et puis, ces derniers jours,
Lui-même avait uni sa fille à ses amours ;
Il en était encor tout larmoyant de joie.
    Il renonce donc à sa proie,
    Ou plutôt, il va décrochant
    Le pendu triste et ricochant,
Lorsqu'en ouvrant sa gueule il remarque en sa gorge
Un malheureux barbeau se plaignant qu'on l'égorge.
— « Oh ! oh ! beau marieur, tu fais le patelin,
Tu prétends qu'on t'épargne, et tu n'es qu'un gredin !
Meurs, je n'ai pas pitié des humains de ta sorte! »
Donc, il l'étend par terre, et le tue, et l'emporte.

J'en ferais tout autant ; je n'épargnerais pas
Un assassin fumant d'un meurtre entre mes bras :
Et, dût le philanthrope, à mon sujet, médire,
Je hais tout sycophante aimant qui peut occire.

Octobre 1869.

LE CONVENTIONNEL FÉRAUD.

A la mémoire de Pierre Guchan.

> « O Macdull, que sont devenus les anciens
> hommes de nos grandes bruyères ! »
>
> CHANT GALLIQUE.

L'Aure (¹) — Quel nom plus frais peut exercer la muse?—
Est un tissu de vals où la nature accuse
Une splendeur immense en doux et fiers tableaux.
Là, sont accumulés de plantureux coteaux,
Et des hameaux dormant près de forêts profondes;
Là, sous d'épais buissons, des sources vagabondes
Baignent de bruns rochers et des herbages hauts
Où mugit le bétail, où dansent les chevreaux...
Là, tout val a, pour cadre, un vaste amphithéâtre
De pics superposés, chauds, d'azur; blancs, d'albâtre;
En crêtes, en clochers, en dômes vers les cieux
Levant leur front sauvage, âpre, rude, neigeux,
Que touche de son aile un tiède vent d'Espagne,
Tout empreint des senteurs vagues de la montagne.
L'Aure enfante le marbre; et la laine, en trésors
Artistement ouvrés se trafique en ses bords.
Sa vigne échoue au fruit; mais, ses arbres sans nombre,
Ses chênes, son pin vaste, et ses hêtres pleins d'ombre,

(¹) Pays d'Aure, ou vallée d'Aure.

Par la hache tondus, par la scie équarris,
Tantôt légers parquets, tantôt coquets lambris,
En somptueux comptoirs transforment vingt domaines
L'Aure, par ses joyaux, compte parmi les reines
Des pentes dont Pyrène est fière ; et, c'est Arreau
Son plus riche foyer, qui nous donna Féraud.
Quel homme ! Jugez-en par ce récit illustre :

Quatre-vingt-neuf, à peine, était âgé d'un lustre
Que, las de cruautés et d'effrois, le pays
Rêva, malgré Samson, l'heureux retour des lys.
L'échafaud avait pris la royauté dernière ;
Puis Danton, puis Hébert, puis monsieur Robespierre
Tous barbouillés du sang de leurs plus fiers rivaux;
Mais surtout du sang pur qui coulait, par ruisseaux,
De l'échoppe au couvent, du manoir à l'Eglise.
Le peuple épuisé, blême, était presque en chemise;
Thermidor avait pu terrasser l'assassin,
Mais le froment manquait, mais Paris avait faim.
Le montagnard maté pouvait, en sa furie,
Livrer la France inerte aux valets d'écurie,
Et le premier croquant eût pu dire : « C'est moi
Qui, si le dé me sert, Gaule, serai ton roi. »
La Montagne en gésine est donc grosse d'orages ;
Et quand le doux prairial sème ses paysages,
La Montagne, le club, les halles, les faubourgs,
De révolte et de cris sèment les carrefours.

Paris, d'abord, fermente ; et puis, des clans infâmes
De sans-culottes vils flanqués d'immondes femmes,
Franchement ameutés, proclament les décrets
Que des conspirateurs savants leur tenaient prêts :
Donc, leur virus au cœur, ils jettent dans leur hotte
Ceci : « Le peuple râle, il meurt ; à qui la faute ?
A ceux qui suscitant l'avare accapareur,
Du peuple exténué lui vendent la sueur ;
A ceux qui du public complotant la ruine,
L'égorgent d'un couteau sordide, la famine ;
Qui font que l'assignat, en sa valeur, dissous,
S'il vous promet vingt francs, ne vous rend pas vingt sous ;
A ceux qui, supprimant le *maximum* propice,
N'accordent rien au pauvre et donnent tout au vice ;
A ceux qui font hausser blé, bœuf, beurre, charbon ;
A ceux par qui tout esprit libre est en prison ;
A ceux par qui Billaud, Collot d'Herbois, Barrère
Sont livrés aux cachots, leur principal salaire ;
A ceux qui font tuer sous de sanglants verroux
Les patriotes purs, dès qu'ils sont assez fous
Pour réclamer des droits, du pain, quelque justice.
C'est à l'exécutif qu'est dû ce lent supplice :
Qu'on le brise ! Il est temps de ramener aux lois
Des tribuns insolents contrefaisant les rois.
D'abord, plus de Syllas, de dictateurs précaires !
A bas les tours de sac révolutionnaires !
Quatre-vingt-treize émit sa constitution,

14

Sur ce grand roc prétend s'asseoir la nation.
Le pouvoir fut volé par des gens malhonnêtes ;
Qu'on les saisisse, et puis, qu'on veille sur leurs têtes !
Que la cloche aux tocsins, les canons, les tambours
Soient gardés par les mains intègres des faubourgs !
Que des groupes armés ferment chaque barrière !
Qu'on occupe, de près, les bords de la rivière !
Qu'on songe au télégraphe, et que, des environs
De Paris soulevé, courent des bataillons
De vengeurs aux poings forts, de femmes énergiques,
Et que, sur leurs drapeaux rouges, ces mots civiques :
« La constitution ! du pain ! » soient arborés !
S'il est des opposants, qu'ils meurent lacérés !
Allons ! « vive le peuple ! » et que, sur ce mot d'ordre,
Tout sourde, tout s'ébranle en fraternel désordre ! »
Lorsque le mal commande, il n'est que trop servi
L'agitateur disait : « Qu'on marche ! » il fut suivi ;

L'écume des égouts, le peuple en carmagnole
Qui tranche du Néron lorsque la France est folle,
Vient pacifiquement, hache et pique à la main,
Jusqu'en l'arche des lois, revendiquer du pain ;
De plus, pour vivre libre et largement à l'aise,
La constitution de l'an quatre-vingt-treize.
Qu'on lui donne du pain ! sus ! à l'instant, du pain !
Mais surtout l'instrument qui le fit souverain,
Le pacte fortuné par lequel tout infâme,

Pur de toute vertu, mais exempt de tout blâme,
Sait trop qu'on lui prescrit, comme un étroit devoir,
Toute insurrection qui met bas un pouvoir.
La tête de la tourbe était donc dans l'enceinte
Des lois : elle y portait, elle y hurlait sa plainte ;
Or, silence ! On entend résonner sur ses gonds,
Une porte prochaine ; et, des cris furibonds,
Accompagnant les coups horribles qu'on lui porte,
Disent combien le peuple, en massive cohorte,
Prétend s'introniser... Que faire ? Alors, Féraud,
Le cœur ému, mais le front droit, le verbe haut :
« Citoyens, s'écrie-t-il, en ouvrant sa poitrine,
« Si quelqu'un a besoin de sang, qu'il m'assassine !
« Mais plus loin que ce seuil, si ce n'est sur mon corps,
« On ne passera pas, je vous le jure... » Alors,
Ce tuteur obstiné du grand sénat, se couche
A terre, tout entier ; mais la horde farouche
Sur cet homme étendu piétinant, sans merci,
Comme un âpre torrent se rue, et la voici
Dans le sein du cénacle, en masse épouvantable ;
Et puis, (qui ne le sait ?) en cet instant coupable
On fait signe aux tambours, et leurs sourds roulements
Aiguisés du tocsin, accrus des hurlements
Et des cris de rappel d'une plèbe en délire,
Qui mêle à ses fureurs le sombre éclat du rire,
Font pâlir le plus brave entre ces fermes cœurs
Que le peuple choisit, un jour, pour rédempteurs.

On se tait : mais alors, comme un spectre, s'avance
Un muphti de la rue, aux bras nus, qui commence
Le récit des griefs pour le peuple inventés :
« Les ordres des faubourgs seront exécutés,
Dit-il, représentants, dehors, sans stratagème !
Le peuple entend, chez lui, légiférer lui-même... »
On hésite, on proteste : — « Où sont nos sections ? »
Chut ! l'on entend gronder leurs braves légions.
Les voici : les regards, les armes se menacent,
Sur le parvis des lois les combattants s'entassent,
Et tel fumeux cratère est moins incandescent :
— Royalistes à bas ! à mort le président !
— Silence au terroriste ! — A l'eau l'aristocrate !
— Qu'on pende les bandits ! — A genoux, race ingrate
De tribuns parjurés et du peuple ennemis !
— Taisez-vous, sacripans par les faubourgs vomis !
— Vive l'ordre et la paix ! — Vive la République !
— Vive les Montagnards ! — Au bourreau cette clique !
— Sans culottes, à nous ! tambours, roulez, frappons !
— Garde à vous, gens de bien, sus aux coquins ! sabrons !

L'été quand sous un ciel de fer, la canicule
Fait que tout est fournaise et que tout sue ou brûle,
Quand, au fond de l'éther, les nuages cuivrés,
Par le farouche éclair incessamment crevés,
Allument la tempête et que la foudre crie,
Avez-vous vu, parfois, d'une ménagerie

Les féroces captifs s'attaquer aux barreaux
Epais et suffocants de leurs obscurs caveaux?
Le tigre, mufle bas, renacle; la lionne
Lève, comme un beffroi, sa tête de gorgone;
Son maître aux larges crins pousse un rugissement
Si fauve que tout tremble et geint d'étonnement,
Que le singe glapit, que l'éléphant soupire,
Que l'ours grogne, et qu'alors sa hure semble rire,
Et que, ressuscité, le Python monstrueux
Déroule de ses plis le faisceau tortueux
Lequel — comme en ses rails, grince par la nuit sombre,
Un tissu de wagons — rampe et se tord dans l'ombre;
Quiconque vit cela, voit aussi le tableau
De la Convention gisant sous le couteau
Des faubourgs, lui jetant sa vile populace.
Autour du président, un mur de fer s'amasse,
Non pour le protéger, mais pour briser son front.
La pique et le marteau se disputent l'affront
De fendre cette tête à jamais immortelle:
Mais, palpitant, meurtri, Féraud veillait sur elle.
Bigorre, il t'appartient, ce mortel vigoureux.
Ecoute, et que ma voix égale ici mes vœux!
Féraud vient s'immoler au président; on crie
A bas Féraud! Mais lui ne compte plus sa vie;
On l'arrête, il résiste; et, dans ce triste enjeu,
Notre héros pâlit, percé d'un coup de feu;
Il tournoie et s'abat... Vous étiez là, grand-père,

Intrépide Guchan, car vous pûtes, en frère,
Recueillir le mourant, encor chaud, dans vos bras ;
Et, lorsqu'on le traînait, vous suivîtes les pas
De ceux qui, s'arrachant leur sinistre conquête,
Aux marches du palais faisaient craquer sa tête :
Vous me l'avez redit : je l'ai bien retenu,
Grand-père, et votre ami lacéré, mis à nu,
Fut un drapeau de mort quand sa tête civique
Triste et suintant le sang au sommet d'une pique,
Comme un épouvantail, vint lentement du seuil
Du sénat profané, braver sur son fauteuil
Le grave citoyen choisi par l'assemblée
Pour défendre aux débats de devenir mêlée.
On crut qu'il pâlirait à cet appel du sang,
Et que, pour son salut, il oublîrait son rang,
Mais point ; nulle pâleur en cette crise immense ;
Oubliant tout, sinon ce qu'eût prescrit la France,
L'illustre menacé s'impose ; honneur à lui !
Honneur à nous ! Sa gloire est la nôtre aujourd'hui.
Qu'on vante tel pied-plat, qu'on le béatifie !
Ce juste immaculé, l'Europe nous l'envie.
Investi par le fer, par le feu, par la mort,
La pique sur la gorge, il reste, sans effort
— Comme un bronze romain sur son granit — sublime,
Aussi maître de soi, qu'imperturbable au crime ;
Et, lorsque je ne sais quel valet de bourreau
Lui porta, tout fumant, la tête de Féraud,

Boissy, ce ferme cœur, cet homme grand, ce juste,
Salua du martyr frappé, la tête auguste,
Comme s'il lui disait : « Quand tu mourus pour moi,
Féraud, puis-je être ici moins généreux que toi? »
Mais, c'est nous, Bigorrais, qu'accuse sa mémoire;
Quoi! Féraud parmi nous a pu rester sans gloire?...
Depuis quatre-vingts ans, jetés sur son trépas,
Inertes, oublieux, ingrats, nous n'avons pas
De notre Décius empreint quelque statue!
Que dis-je? On ne voit pas de carrefour, de rue,
Qui, de ce mort sacré, porte l'illustre nom,
Tandis qu'on y fit poindre, en guise d'écusson,
Mandrolle, Touche-à-tout, Fantoche, ou Petit-Pierre!
Soit; mais je veux du moins avant qu'à ma paupière
Pèse mon dernier jour, vous dire : Bigorrais,
Vous fûtes criminels, ouvrez-vous aux regrets!
A réparer l'erreur montrez-vous unanimes;
Les repentirs sont doux quand ils sont magnanimes :
Que rare est le mortel qui s'indignant du port,
Au typhon populaire ose opposer sa mort!
Un Féraud te fit grand, Bigorre; oh! je t'en prie,
Sculpte enfin ton héros, Bagnères (¹), ma patrie!
Si tu veux des enfants sublimes, sois pour eux
Généreuse, et tes fils te seront généreux.

(¹) Chef-lieu d'Arreau, qui n'est qu'un canton.

Novembre 1874.

LA FEMME DE BOIS.

On connaît, dans l'Oural, un mont plein de merveilles :
Il y règne un chaos de gypses précieux ;
Là, reluit le saphir comme un fragment des cieux ;
Là, dorment les rubis pleins de flammes vermeilles :
La malachite y couve en blocs prodigieux ;
Et les fins diamants, ces talismans des yeux,
Y grènent à remplir les mains et les corbeilles.
Mille ardents travailleurs, intrépides abeilles,
Sondent, sans les tarir, ses flancs mystérieux ;
L'Oural est un Brésil qui s'est trompé de cieux...

— L'Oural est un Brésil ! Soit... mais, le mariage
Est-il moins un Brésil, pense et le glorieux
A qui vient de tomber femme riche en partage,
Et l'époux, tout récent, qu'enivre un beau visage ?
« Ah ! qu'une femme riche honore une maison ! »
Dit l'un ; mais que dit l'autre ? Il dit : « Est-il saison
Dure, amère à passer, hiver, frimas d'automne,
Que ne change en printemps un doux front qui rayonne?
Qui vit sans femme, hélas ! ne vit pas ! C'est un mort ;
C'est dans sa coque inerte, un insecte qui dort.
Malheureux qui n'a pas, à son foyer, cet ange
Qu'on nomme épouse, et qui, par un piquant mélange
De dons innés, chez nous fait pénétrer le ciel ! »

Qui ne s'exprime ainsi dans la Lune de miel ?
Mais, qui ne change aussi, tout aussitôt que pousse
Cet astre au front sévère ayant nom Lune rousse ?
— Tu t'es donc marié ? Certes, il était temps
D'expier tes péchés à plus de quarante ans ;
Mais, si c'est du bonheur que tu cherchais, mon maître,
De plus de quarante ans tu t'es pressé peut-être.
Ta femme est riche, soit ! Eh bien ! tu sentiras
Ce que pèse une femme opulente en tes bras.
— Non, ma femme est bien mieux qu'opulente, elle est belle.
— J'entends ; mais dis, ton œil est-il en sentinelle
Soir et matin, sur l'œil du fragile oisillon ?
Poursuis-tu, nuit et jour, ta chasse au papillon ?
— Elle est belle, elle est sage. — O sagesse importune !
Femme sage est souvent une austère infortune ;
En effet, qu'une prude est commode à brider !
Eût-elle cent fois tort, c'est à toi de céder.
Je te plains, mon très-cher, si ton épouse est belle,
En même temps coquette ; ou pis, aigre et fidèle.
Et l'époux, quand le temps du miel s'est écoulé,
Se dit : « Le sot marché ! Ma foi, je suis volé ! »
Oh ! les méchants propos !... Redouble d'éloquence,
Legouvé... Sois le frein de tant d'irrévérence !

Tout s'en mêle ; j'ai vu, hier même, un crocheteur
Qui, d'une croix en chêne épais, étant porteur,
Sur ce poteau menait, en bois léger comme elle,

D'une femme française un délicat modèle ;
Une fine statuette en orme ou peuplier :
Et, sous son double poids, le porteur de plier,
De geindre, de suer et d'arroser la terre
Comme le doux Jésus montant sur le Calvaire.
— Le pauvre homme ! criait le sexe féminin,
Sa croix l'écrase, il va trépasser en chemin.
— Mesdames, dit alors le méchant, sur mon âme,
Ce n'est pas cette croix qui pèse, c'est la femme.

Mot outré, car enfin qu'aurait dit le narquois
Si...? Mais il ne portait qu'une femme de bois.

Avril 1867.

A MADEMOISELLE M... C...

Une voix douce et fraîche vous appelle ;
Partez, mes vers, et dites à l'œil bleu
Qui vous lira du coin de sa prunelle :
« Regard charmant, pure et noble étincelle,
« Vous adorer, c'est vous aimer trop peu. »

UN BRAVE.

Le lièvre a des goût sains ; il dort sous les bruyères ;
La fange lui déplaît, il fuit l'humidité ;
La goutte pourrait nuire à son agilité,
Il la prévient à vivre, au sec, dans les clairières.
Si ses yeux sont mauvais, son tympan le sert bien ;
Les deux cornets qu'il dresse au-dessus de sa tête
Font, de sa masse obtuse, une très-fine bête
Qui redoute, devine, entend, évite un rien ;
Bref, s'il ne tremblait trop, on craindrait le vaurien.
Ses mœurs, on les connaît : il fait suer sa femme ;
Il est, pour ses enfants très-froid, s'il n'est infâme ;
Mais parlez-lui d'aller, quand rougit le matin,
Brouter le serpolet ou pâturer le thym ;
Ou bien, près des genêts dont l'abeille est friande,
S'allonger sur la menthe ou flairer la lavande,
Il est prêt ; au besoin, les maïs chevelus,
Les grains d'avoine, ou l'orge, ou les froments barbus
Lui font régal ; sa gorge en est insatiable.
Le champ qu'il entreprend est bientôt misérable ;
Et pour le lièvre seul, le fermier sèmerait
Sa provende, si le chasseur ne s'en mêlait.
Or, le voici : Roustan, Fox, Panurge et Doguine
Ses lieutenants, pour lui disloquent leur échine.
Lui-même, entre ses mains, promène un lefaucheux

Dont chaque éclair peut rendre un lièvre fort piteux.
Le nôtre l'a compris ; il fuit sous les feuillages,
Il saute les ravins, il franchit les treillages ;
Il n'est pas de rocher, il n'est pas de buisson,
Pas de trou qui le mette à l'abri du frisson :
Heureux, si le veneur va frapper à la porte
D'un lièvre son voisin !.. Pour le trembleur, qu'importe
Que le voisin surpris saigne un peu sous la dent
Du rapace coureur dont le museau pourfend ?
Que lui chaut-il qu'alors le maître de la meute,
Chiens et fusils braqués, sur le voisin s'ameute ?
A bas, le cher voisin ! si, lui, sauve sa peau :
Vœu forcené, mais vain ; le voisin fait défaut ;
Horreur ! Il est absent ; il faut changer de voie.
Le traqueur s'en revient sur sa première proie ;
Le perdu reparaît ; des plis d'un tronc séché
Deux chiens, bons dépisteurs, enfin l'ont débuché.
Quel rempart le retient ? quel rubicon l'arrête ?
En tours de passe-passe, il épuise sa tête :
Mais la peur est souvent magnanime ; la peur
Fit d'un lâche un vaillant, d'un martyr un vainqueur ;
On va le voir : — Lecteur, connaissez-vous l'Alsace ?
Comme un massacre énorme on y comprend la chasse ;
Là, l'on occit chevreuils, faisans, cailles, perdreaux,
Bécasses, marcassins, grives, daims et levrauts,
Plus que vingt Savoyards, dans nos froides journées,
Ne font tomber de noir du haut des cheminées ;

Ou, plus que cent gamins, armés de longs bâtons,
Ne font, des verts ormeaux, neiger des hannetons :
Le cœur vous en fait mal ; la charrette est saignante
De gibier mort, l'œil cave et la tête pendante.
Nos fauves élégants, de noirs caillots salis,
Leurs muscles transpercés et leurs jarrets raidis,
Cela sent l'abattoir et non la gibecière ;
Ce carnier d'une chasse est plus qu'un cimetière.

Donc, un charriot-morgue enfourchait le chemin
Près du lièvre chassé, qui s'escrimait en vain
Pour fuir, quand un éclair jaillit dans sa cervelle :
« Puisqu'il le faut, eh bien, du cœur! sautons l'échelle! »
Il tourne, il vire, il fraude et puis, d'un haut le corps,
Le voilà dans la morgue horrible, entre les morts !
Il s'unit au cadavre, il enfonce sa tête
Sous le funèbre poil de mainte et mainte bête :
Il est vrai qu'une pièce, en plus, fera plaisir
Au convoyeur s'il sait où pouvoir la saisir ;
Et, pendant que le lièvre, en faux butin, chemine,
Il doit craindre celui qui conduit la machine ;
Mais son chasseur est loin, ses chiens sont dépassés,
Il serait déjà mort sans les chers trépassés.
Donc, il trompe la chasse, et puis, le cimetière ;
De la morgue, bientôt, il saute en la clairière
Tout frissonnant encor d'un excès de vigueur,
Et fier d'avoir été presque un héros, par peur...

Tel sage qu'on veut perdre, avec art se retire
Près du foyer d'un tel qui voudrait l'y détruire
S'il l'y savait; mais là, comment le soupçonner ?
Un ennemi, parfois, peut nous chaperonner.

Septembre 1869.

SUR L'ESPRIT.

L'esprit, disait tel sot ; l'esprit, il court les rues.
— Il est vrai, reprit-on, qu'il aime à galoper ;
Il sautille, aux trottoirs ; il court, aux avenues :
Pour qu'on le dise à nous, que faut il ?... L'attraper.

UN TESTATEUR.

Le vieux Crépin sentant son corps plus que débile,
Forge son testament et puis son codicile.
Dévot et vicieux, à tout il veut parer :
« Mon âme, c'est à Dieu que j'entends la léguer, »
Écrit-il. — O, Crépin, pour toi quel legs utile !
Mais te léguer à Dieu n'est pas fort difficile ;
L'important, c'est que Dieu veuille bien t'accepter.

NEIGE ET PYRÉNÉES.

A mon ami M. François Pailhé, avocat.

François, dans ses hivers, la montagne est terrible
Lorsque livrant aux cieux son faîte inaccessible,
Et, sur ses flancs osseux fomentant le chaos,
Elle semble goûter un vaste et lourd repos :
Quelle erreur toutefois ! Cette machine immense,
Horrible en son fracas, farouche en son silence,
Ne dort jamais ; sa croupe engendre les glaciers ;
De rigides torrents, ses éternels coursiers,
Dé leur neige amollie, en s'échappant, bondissent ;
Les vents tumultueux autour des flots mugissent,
Et cet effort des eaux, et cet assaut des vents
Changent incessamment le séjour des vivants.
Les sommets ébréchés glissent le long des plaines ;
Les plaines, à leur tour, devenant souveraines,
S'étonnent de s'accroître en de lentes hauteurs ;
Puis, survient l'Océan, ce grand générateur,
Qui résorbant, poussant, fixant son onde austère,
Met son lit en nos champs ; sur son vieux lit, la terre,
Et, de ses gouffres noirs découvrant les limons,
Pour vingt monts qu'il efface, en fait surgir vingt monts ;
Genèse sans arrêt, destruction féconde,
Car c'est par là que meurt et que renaît le monde ;
Par là, que son contour rayonne ou s'obscurcit.

Toutefois, que ce cap où la neige durcit,
Que ces brumeux géants aux sourcils formidables,
Au rude aspect, nous sont âprement secourables !
Par eux, fleuves et mers abondamment nourris,
Dans leur cours éternel ne sont jamais taris ;
Par eux, le globe entier, penchant à se dissoudre,
Entre leurs bras puissants se condense ; et la poudre
De nos champs humectés par leurs canaux divers,
Change son sable inerte en vallons gras et verts :
Le mont éveille l'Ebre et dit : « Cours vers l'Espagne !
Et toi, Guadalquivir indolent, accompagne,
Vers les frais orangers, ton frère impétueux ;
Toi, Garonne opulente, et toi, Gave orageux,
Toi, Rhône turbulent, et toi, noble Durance,
Vous, Adour, Loire, Seine, allez ! ornez la France. »
Il dit à l'Aquilon : « Fais rage en mes frimas,
Mais je couvre tel val, j'abrite tels climats,
Sois leur doux ; livre-moi ton souffle et ta froidure ! »
Il dit à son granit : « C'est par toi que tout dure,
Va chez l'homme, il attend de toi des monuments ! »
A son calcaire, il dit : « Prête-lui tes ciments !
Et toi, marbre étoilé, teint des feux de l'aurore,
Toi que le sombre ébène ou l'or poli décore,
Ouvre à l'artiste heureux tes gisements secrets ! »
Il dit à son argile, il dit aux antres frais :
« Dans la nuit de mes flancs, que le cristal rayonne !
Là, que l'argent, le cuivre ou l'étain pur, foisonne !

Que le rubis y couve! et, que le diamant,
L'or fruste, le saphir — comme en un firmament —
Dorment, astres voilés, dans mes entrailles-mères
Pour être du bonheur de l'homme, auxiliaires! »

Voilà de quels trésors les monts sont généreux ;
Ils nous sont bienfaisants, plus qu'ils ne sont affreux.
L'homme y gémit pourtant pendant la saison dure :
Quand la neige scintille épaisse en la pâture,
Le berger bigorrais, chassé du plateau vert,
Ramène son troupeau dans l'étable d'hiver.
Quel bâtis! quel couvert! quel déplorable asile!...
Quelques troncs mal taillés, dressés en péristyle,
Quelques pierres debout soutenant un gazon
Lequel est la toiture, hélas! c'est sa maison.
Un amas d'herbe, au fond, sustentera ses bêtes ;
Il vivra maigrement de leur lait ; les tempêtes
Siffleront sur sa couche, et, souvent quelque agneau
D'un ours venu la nuit sentira le museau.
Le monstre est-il présent, tout le clan de l'étable
Bêle et meurt de l'effroi dont le bandit l'accable,
Et le pâtre surpris, qui craint de le fâcher,
Pleure, et livre sa proie à qui la vient chercher.
O douleur! On l'emporte, et lui se barricade ;
Comment? Comme il le peut, tout lui sert d'estacade,
Mais le voleur nocturne, opérant au hasard,
Demain peut-être ailleurs saura flairer sa part ;

Ou bien, il se clora, somnolent, dans sa bauge,
En attendant qu'Avril l'y hume et l'en déloge.

Pourtant, le maraudeur n'a pas toujours raison
De tenter du bercail l'imparfaite cloison ;
Parfois il s'en repent, ainsi qu'on le va lire :
L'homme contrebandier est un étrange sire :
Barbe épaisse, cheveux touffus, habit de peau,
Qu'il emprunte d'un bouc, ou du moins d'un chevreau ;
Béret d'un feutre fauve allongé sur l'épaule ;
Aux pieds, spadrille en vache ; ainsi, l'on voit le drôle
Courir comme un isard aux crêtes des ravins :
L'espingole, à la bouche énorme, est dans ses mains,
En sa ceinture loge un couteau dont la lame
Ferme et large de fer, n'est pas bijou de femme :
La pointe en est subtile, et le manche opulent
En sait fixer l'acier ; bref, il est catalan.
Son maître est Bigorrais ; il fit mainte campagne
Contre Mina, l'honneur des miquelets d'Espagne.
Donc, l'un de ces routiers des monts s'en vint, un soir,
Droit au foyer du pâtre Envilgourand, s'asseoir.
L'intrus, assez connu pour n'avoir rien de frêle,
Se nommait Capellan, pour les amis, Capelle.
Le voilà devisant avec le pâtre, quand
A dix pas, on entend gratter certain croquant,
A la patte pesante, au plantureux pelage,
De mine peu courtoise, et, d'un assez bel âge.

Ce monsieur, non prié, demandait à souper.
— « Tu veux notre potage, on te le va tremper, »
Dit Capelle, et braquant sur lui son espingole,
Il le fait reculer en lui trouant l'épaule :
Mais la bête saignante est plus âpre à l'effort ;
Capelle s'en irrite, il n'y tient plus ; il sort,
Et vers l'assaillant noir levant sa carabine,
Il en fait un marteau qui, sur la dure échine
Résonne sourdement, lorsque d'un tour de bras
Le fauve adroit et fort, jette le marteau bas,
Puis, debout, sur ses pieds, entreprend mal Capelle.
Celui-ci se débat ; l'ours sur l'homme chancelle
Et les voilà roulant, l'un l'autre, jusqu'au fond
D'une pente que clôt un entonnoir profond.
Mais, grand Dieu, quel bonheur ! quand la bête travaille
A dégager sa peau d'une horrible broussaille,
Capelle, droit au cœur, lui plonge, dans le flanc,
Son large et long couteau qui s'ouvre un flot de sang ;
L'ours rugit et se meurt ; mais son ongle terrible,
Avant de le quitter, rend son athlète horrible.
Tout enfant, je l'ai vu ce Vaillant généreux ;
Son visage brillait à force d'être affreux.
— « La bête était de poids, disait-il à mon père,
Mais que son poil est chaud quand vient le froid Brumaire !
Touchez cela, monsieur ; la bise ne mord pas
Un homme qui promène un pareil matelas ;
Il me coûte un peu cher ; mais qu'à cela ne tienne,

Il me fallait sa peau puisqu'il voulait la mienne.
S'il m'a pincé, ma foi ! le drôle m'a senti. »
François, lequel des deux — dites — s'est repenti ?...
C'est que le montagnard bigorrais est de taille,
Si le fauve le mord, à lui livrer bataille.
Capelle n'est pas seul à savoir corriger
L'improbe chenapan qui le voudrait manger.

Mais, laissons là le pâtre et le coureur de pentes ;
Le Bigorrais est prêt pour les luttes savantes :
Sur la crête du pic neigeux, proéminent,
Qui projette au midi son faîte culminant,
Sur cet Atlas connu de notre frais Bigorre
D'où j'ai vu s'élancer l'humide et vaste aurore,
Près de monsieur Littré, de l'Eglise ennemi,
Que nommait, chapeau bas, Costallat notre ami ;
Oui, sur le front blanchi de ce titan morose,
— J'entends celui du pic ardu, glacé, — l'on ose
D'un docte observatoire ériger le projet,
Que dis-je ? Il est tenté ; l'observateur est prêt (¹).
Plus vaillant que Capelle, au givre, à la tempête,
A la trombe éternelle, il court livrer sa tête.

(¹) En 1874, M. le général Nansouty et deux intrépides ama-
teurs, ont entrepris de passer l'hiver sur la cime du pic du midi de
Bigorre. Le 14 décembre, un ouragan les a contraints d'en descendre. Si je ne me trompe, ils sont gens à recommencer.

Mais qu'importe, s'il peut, docteur officiel,
Ce mortel forcené, l'œil collé sur le ciel,
Des vents capricieux écouter le tonnerre,
Etudier les airs pour avertir la terre,
Et sur un fil ténu qu'anime un élément
Magique, écrire ainsi : « Ce n'est pas le moment,
Pilotes aveuglés, d'ouvrir, aux vents, vos voiles ;
Laissez dormir vos mâts ; roulez, serrez vos toiles,
Je vois le typhon noir qui vous engloutirait :
Et toi, dur laboureur, que ton voisin soit prêt
Comme toi pour couper, en vos blés, vos javelles,
Car l'horizon se trouble ; il est chargé de grêles ;
Vignerons, une pluie énorme est sur vos pas ;
Vite, à l'œuvre, accourez, videz vos échalas !
Et toi, de l'espalier cultivant la ramure,
Je vois poindre le givre, évite sa morsure ;
Tes soins sont durs et lents, leur perte est prompte, hélas !
Sache poser la paille où tu crains le verglas ! »
Ainsi parle, de haut, le guetteur des orages ;
Qui l'écoute est prudent et nargue les naufrages :
Mais, pour l'homme qui veille en ces caps redoutés,
Que de hautes saveurs ! que d'âpres voluptés !
Voir à plein ce que nul des doctes de la terre
Ne vit en son chaos : l'horreur de l'atmosphère
Quand le givre, les vents et d'affreux tourbillons
De l'air sombre et grondant oppriment les sillons ;
Les rochers s'écroulant sous les neiges glissantes,

15.

Le ciel tonnant, les monts tressaillant sur leurs pentes,
Puis, un silence énorme étendu sous le ciel
Comme pour préparer un malheur solennel ;
Un soleil pâle et froid sur cet obscur domaine,
Ou bien, sur ces déserts, la triste souveraine
Des nuits, traînant aux cieux son disque languissant ;
Et puis, sous un soleil redevenu puissant,
Sous un souffle d'avril fécond et salutaire,
Voir fondre les frimas et refleurir la terre
Et de ses pleurs légers, l'aube argenter les bois,
Oh ! les vastes plaisirs dignes de vous, François !

Mais quoi ! N'avez-vous pas vos bonheurs ? Quelle vie
Plus que la vôtre, ami, fut intacte et remplie ?
Comme en nos monts sacrés, le temps, toujours trop prompt,
De la neige des ans a touché votre front ;
Mais vous, ferme soldat de la justice austère,
Vous opposez au temps l'essor du caractère :
Un opprimé, jamais n'a pu vous trouver froid ;
Parlez ! Le juge écoute, et votre cœur si droit,
Votre savoir exact, votre équité notoire,
Au Vrai que l'on offense, assignent la victoire.
Athlète toujours prêt, irrité du repos,
La vieillesse n'a pu qu'accroître vos travaux,
Et, comme un roc blanchi qu'un ciel couchant décore,
Votre front, docte ami, porte un reflet d'aurore.

Janvier 1875.

MAOUALS

ou

POÈMES DE L'AMOUR, EN ORIENT (1).

« O bienheureux languir, guéri si doucement! »
D'URFÉ.

I

L'HEURE DU BONHEUR.

Apporte-moi, jeune échanson,
Le vin qui dore ce flacon;
Avec art prépare et dispose
La coupe de jaspe et la rose :
La nuit tend ses voiles brillants;
Le luth rend des sons ravissants;
La lune à l'horizon se couche,
Et Fatma, si longtemps farouche,
Donne une larme à mes tourments.

(1) La simplicité, la mélancolie, la passion vraie qui règnent
dans ces esquisses de l'amour oriental, où se concentre tout le roman du cœur, nous ont paru dignes d'attention. Le pur anacréon-
tisme est moins tendre.

II

LE VOILE.

Fatma la bien-aimée, en ce moment, s'avance ;
Son voile est sur sa tête et tombe sur sa hanche :
Combien le vert palmier pourrait être jaloux
Lorsque sa taille ondule en mouvements si doux !
Mais sa main effilée a relevé son voile,
Autour d'elle on s'écrie : Est-ce donc une étoile ?
    Est-ce un ardent éclair,
Ou l'aube surgissant des gouffres de la mer ?

III

LA PRIÈRE.

Fatma, tes injustes rigueurs,
Tes dédains qu'excitent mes pleurs,
N'ont que trop altéré ma vie :
Peux-tu donc, si je ne t'oublie,
Peux-tu consentir à ma mort ?
Dans tes yeux, je cherche mon sort,
Et, toujours, j'y rencontre un glaive
Qui, lorsqu'il m'a blessé, m'achève.
Fatma, chère Fatma ; écoute enfin ma voix,
Rends-moi, rends à mon cœur, nos amours d'autrefois.

IV

LE CENSEUR.

Ami, sévère ami, cesse de me gronder,
Ou je fuis à jamais ta cruelle présence;
De mon amour, en vain, tu combats la puissance,
Je ne saurais le vaincre, il faut le seconder.
     Fatma!... Sa taille est si menue,
     Son teint si blanc; son œil si noir,
     Et sa bouche rose est tissue
     De perles si douces à voir,
Qu'elle est tout à la fois mon bonheur, ma souffrance;
     Car, ami, pour mon désespoir,
J'aime, j'aime Fatma, mais c'est sans espérance.

V

LE PORTRAIT.

Toujours, quand j'ai voulu décrire ta beauté,
Mon esprit, en suspens, n'en put tracer l'image :
Es-tu l'astre du jour à l'immense clarté ?
Ou cet astre plus doux au pâlissant visage
Qui de son frère absent, la nuit, nous dédommage ?
Es tu l'un des saphirs qui dans les cieux brillants
Poursuivent lentement leur course lumineuse ?...
De la neige et du feu l'alliance amoureuse

De ton teint virginal animent la candeur :
Gloire à Dieu qui permit une telle splendeur !

VI

L'INCONSTANCE.

C'en est donc fait, elle rompt le doux pacte,
Pacte d'amour qui l'unissait à moi !
Déjà son cœur subit une autre loi ;
Pour un rival son amour se rétracte ;
A ce penser, oh ! quel cruel émoi
Saisit mon âme et la rend languissante !
Et quand fuis-tu ?... C'est lorsque ta beauté
Trop sûre, hélas, d'un cœur surexcité,
Sans rien donner le livre à sa tourmente.

VII

LA PLAINTE.

Qu'il soit glorifié celui qui te donna
Cette exquise beauté, cette beauté fatale
Qui me fit tout quitter : amis, maison natale ;
Puis, à vivre oublié, confus, me condamna !
Me rebuter, me fuir est ton unique étude,
Comme ce fut toujours ta plus chère habitude ;
Et cependant, Fatma, je sentais chaque jour

De mon amour pour toi croître la servitude,
Et chaque jour, de toi, je mendiais l'amour !

VIII

LES MÉDISANTS.

O mon ami, pour m'éprouver
Et même pour que je t'éprouve,
Laisse nos destins s'aggraver.
Jusque-là, que l'on nous improuve !
Laissons la malveillance errer !
Le jour où, quittant la patrie,
Nous séparerons notre vie,
Ceux qui mordent pourront pleurer.

IX

LE DÉPART.

O Fatma, depuis ton départ,
Combien mes yeux versent de larmes !
Où sont-ils ces jours pleins de charmes
Que nous savourions à l'écart ?
Ils ont fui d'une aile légère,
Ce ne fut qu'une ombre éphémère,
Et moi, fermant l'oreille aux vains et froids discours,
De l'aube jusqu'au soir, je pleure mes amours.

X

LE PROSCRIT.

Dans ce dur asile
Vivant à genoux,
Amis et famille
Ne sont rien pour nous!
Loin de la patrie
La fleur est flétrie,
Triste est la chanson;
L'étoile chérie
Manque à l'horizon...
Dieu, plus de clémence!
Frappe enfin l'engeance
De nos ennemis!
Qu'ils tombent punis!
Que ta flèche aiguë
Perce, à notre vue,
Leurs fronts endurcis!
Surtout qu'ils ignorent
D'où viennent leurs maux!
Que tes feux dévorent
Les biens qu'ils adorent!
Que mille fléaux,
Ouragans, famine,
Creusent leur ruine!

Pour comble de maux,
Que leurs enfants meurent,
Que leurs femmes pleurent
La nuit et le jour !
Que leurs maisons tombent,
Leurs amis, succombent;
Et qu'en leur séjour,
Au lieu des fauvettes
Chantent les chouettes
Non loin du vautour !

XI

LE VÉRITABLE BIENFAITEUR.

Tel aujourd'hui te comble de ses dons
Qui peut aller, demain, jusqu'à l'injure :
Ami, de ses bienfaits évite l'imposture ;
Eloigne-toi de peur de courir aux affronts :
Chez lui le miel, la manne savoureuse
N'auront jamais qu'une douceur menteuse.
Du souci des humains sache alléger ton cœur ;
Qu'il soit ton grand mépris, ami, pour ton bonheur ;
Mais invoque celui dont la toute-puissance
Ne connaît pas de borne à sa munificence,
Dont l'océan de biens ne s'épuise jamais,
Qui nous aime, et ne peut corrompre ses bienfaits.

XII

LES DETTES DE L'AMOUR.

Le luth le plus mélodieux
A des accents moins doux que ta voix tendre et pure ;
Et quand s'ouvre ta bouche elle a, je te le jure,
Du miel, de l'aloès, l'ambre délicieux.
Mais, combien tes rigueurs ont fatigué ma vie !...
Languissant, desséché, comme une fleur flétrie
    Je m'incline mourant.
Ah ! reviens acquitter tes dettes, ô mon âme,
Les dettes de l'amour que de ton cœur réclame
    Tout mon cœur palpitant !

XIII

LE MESSAGE.

Toi qui sais animer tes agiles chameaux,
Ou soutenir le pas de tes ardents chevaux,
Voyageur, — le sais-tu ? — ce sera bientôt l'heure
Où de Fatma tu peux rencontrer la demeure.
Pour moi va la trouver ; et puis, respectueux,
En messager discret mets, à ses pieds, mes vœux.
Dis-lui : « Ne crains-tu pas que tes destins finissent,
Les siens aussi, cruelle, avant que s'accomplissent
Vos projets de bonheur, et que le temps qui fuit
Vous refuse les dons d'une amoureuse nuit ? »

XIV

LE REPROCHE.

Ta joue au teint pudique, a les tendres couleurs
D'un vin pur qui rougit la coupe transparente.
Un signe de tes yeux entraîne tous les cœurs;
De la perle d'Ormus la nacre éblouissante
Brille moins que ton cou; mais de plus n'as-tu pas
Une sage raison pour t'avertir tout bas,
Et te persuader qu'avec autant de charmes,
Il est honnête et doux de moins causer de larmes?

XV

L'HEUREUSE NUIT.

Cent fois je donnerais ma vie
Pour la jeune beauté qui daigna, cette nuit,
Dans l'ombre, à l'heure où tout s'oublie,
Dans les bras du sommeil me visiter sans bruit.
Oui, lorsque tout dormait, les hommes, les Génies,
Nos cœurs heureux, bercés de douces harmonies,
Semblaient se récrier et se dire tout bas :
« Amant, coupable amant, qui souvent l'accusas,
Alerte ! lève-toi ! car ses faveurs t'attendent :
Cours aux mille baisers que tes lèvres prétendent. »

LE PAYSAN.

Dites, si vous voulez : « Ce n'est qu'un paysan,
Un croquant, un lourdaud ; » n'allez pas jusqu'à dire :
« Il est sot comme un vrai paysan ; » car le sire,
Le paysan, n'est pas aux madrés complaisant.
L'un d'eux ayant, un jour, surpris en temps de neige,
Quand ils courent longtemps pour pâturer bien peu,
Deux levrauts que leur pied communément protége,
Mais dont le tapis blanc gêne et jarrets et feu,
Ce paysan porta l'une et l'autre victime,
De son adroit bâton conquête illégitime,
(Quel villageois l'ignore?) au marché le plus près.
Là, vers un cabaret, il fait sa montre exprès ;
Sa montre, je dis mal, puisque de sa capture,
Le rustre, dans un sac, abritait la figure ;
Lorsque le buvetier : — Combien donc ces chevreaux,
Notre homme?... Et le manant : — Chut ! ce sont deux levra
— Tant mieux ! et de quel prix ? — Ma foi ! chacun trois livres
— Dites, trois francs les deux ! fit le marchand de vivres,
Le débitant. — Mais, non ! — Moi, je vous dis que si,
C'est trois francs l'un et l'autre ; ou, comprenez ceci :
Que vous avez enfreint ce que la loi commande ;
Que ce que vous portez, c'est de la contrebande,
Et que le brigadier que vous voyez là-bas,
Si je parle, vous peut causer quelque embarras.
Allons ! trois francs les deux, chasseur repréhensible,

Ou je rends, sur-le-champ, votre méfait sensible.
— Soit! répond le rustaud, trois francs; soyez discret !
— N'ayez peur; maintenant l'affaire est mon secret.
Donc, le vendeur de vin paie et prend sur l'épaule
Le sac que, pour l'instant, le manant prête au drôle.
Celui-ci n'a pas fait dix pas que le rustaud,
Au brigadier susdit, va tirer son chapeau
Pour l'informer comment un maraudeur qui passe,
Colporte dans un sac, au cabaret d'en face,
Deux lièvres prohibés, butin de l'hôtelier,
Sans l'intervention prompte du brigadier.
Un civet serait moins du goût d'un bon gendarme
Qu'un bon procès-verbal, ce pain bénit de l'arme :
Et brigadier, c'est pis que gendarme; aussitôt,
Le colporteur est pris, verbalisé; le lot
Des deux levrauts s'en va, sans conteste, à l'office
Non du cabaretier, mais du plus proche hospice;
Et puis au délinquant, pleut la citation;
Puis vient le juge avec ses lois, leur sanction.
Bref, l'hôte est convaincu : le tribunal commande
Qu'il verse au receveur quatre-vingts francs d'amende,
Non compris l'avocat, l'agacement, les frais
Et les déplacements compliquant le procès.

Dites-moi, s'il vous plaît, qui fut meilleur apôtre
Dans ce malin débat, l'homme rustique, ou l'autre?

Octobre 1869.

PYRÉNÉES FLEURIES.

A mon ami Louis Dussert, mon compatriote.

Louis, fi! des jours gris où la neige coquette
Semait en nos halliers sa légère fleurette,
Cette tige d'opale au feuillage exigu,
De gaze, de dentelle et d'argent fin tissu,
Laquelle agrémentait la cape et la figure
Du rustre montagnard si farouche d'allure,
Tandis qu'il conduisait porc ou vache au marché :
Le soleil a grandi ; l'hiver s'en est fâché ;
Ce maroufle en a mis à sac tout son domaine ;
L'avalanche en croulant a fait craquer la plaine,
La roche s'est fendue, et, par mille côtés
Ses monstrueux débris se sont précipités :
Les torrents échappés des plages du tonnerre,
Ont noyé, mutilé, mais fécondé la terre,
Et les vents, à leur tour, attiédis et calmés,
N'ont que des souffles purs, des contacts parfumés ;
Avril a vaincu Mars ; puis, tout gonflé de sève,
Mai nous a fleuri Juin que Juillet nous enlève.
Oh! qu'il est doux d'errer en nos champs étoilés
Ou de gravir les monts par l'isard seul foulés !
Tout rit autour de nous : vois! nos cimes sacrées,
Sur leur manteau de neige, ont des teintes pourprées,
Et, sous vingt plis herbeux la cascade, fuyant,

Fait blanchir le ravin qui gronde en chatoyant.
Les coteaux sont en fleurs, les bosquets sont en fête,
Les tilleuls odorants ont émaillé leur tête,
Les liserons légers pendent sur le rocher,
Tandis que, deux à deux, sortis pour s'attacher
Au joug, les bœufs vêtus d'une chape sévère
Baissent leur front que charge une ombreuse fougère
Inaccessible au dard de la mouche et du taon.
Mais quoi! n'entends-je pas maint omnibus trottant
Qui porte d'étrangers un à-compte? O misère!
Qui les possèdera? qui saura mieux leur plaire?
Comment les confisquer? Combien d'empressements
Autour du véhicule et des chevaux fumants!
Pour le logis, l'hôtel, le chalet, quelle joie,
Si tel adroit limier rentre avec quelque proie!
Qu'elle hésite, on la presse, on l'accroche, et bientôt
Jean surprend ses colis; Pierre son paletot;
Quel trafic! Je m'en tais, car j'y trouve à redire.
Donc, thermes, ouvrez-vous! Et vous, notre martyre,
Tribu de baladins, fatiguez bien nos sens
De vos cornets fourbus, de vos archets grinçants,
Car, vagabonds germains, ou vauriens d'Italie,
Si le salon vous fuit, l'auberge vous convie.
Entrez-y! Moi, combien j'accueille et prise mieux
L'utile et doux appel des bras officieux
Qui, s'armant d'une souple et solide lanière,
Nous voiturent sans choc, ni crotte, en leur litière.

Je la préfère à tout, si ce n'est aux jarrets
Qu'on possède en nature et qu'on sent toujours frais.
Avec eux je poursuis, libre en ma fantaisie,
Tes méandres, Bigorre, et vois leur poésie.
Je ne m'y borne pas; Béarn, j'entre chez toi ;
Je cherche, en ses vieux murs, le berceau de ton roi :
Sur la massive tour qui vit l'enfant s'ébattre,
Il plane je ne ne sais quelle ombre d'Henri-Quatre,
Quel renouveau de Jeanne ; et, sous son bastion,
Je ne sais quel reflet du mâle et fier Gassion.
Pau fleurit de loisirs, le far-niente y prospère.
Pourtant, l'un de ses fils, roi fort, soldat sévère,
Bernadotte naquit, rigide, impérieux,
Dans ce recoin douillet qu'ont trop aimé les cieux,
Car, quel œil ne t'admire — en ta sauvage étreinte
De monts superposés — haute et splendide enceinte?
Toi, Dax, j'ai vu fumer ta fontaine de feu ;
Toi, Bayonne, ton port bruyant, ton Adour bleu
Et ton frais Biarritz, et la fille adorable
Du Basque, dont le pied mignon baise ton sable,
Puis l'Espagne tout près, d'où le toréador
M'incite ; oh ! ces objets me font des rêves d'or.
Irun, Saint-Sébastien, vers vous mon cœur m'élance...
Non, halte ! mon esprit ; tout beau ! restez en France :
Puis-je vous oublier, Eaux-Bonnes où l'ami
De mes jeunes beaux ans, Darralde, est endormi ?
Toi, Barége, un Paris pour ma candide enfance ?

Toi, Lourdes, dont la Vierge, insigne en sa clémence,
A daigné, comme on sait, d'un prodige émouvant,
Laisser dans ma famille un souvenir vivant (¹)?
Vous, Argelès aux vals profonds, dont la magie
Du tendre Despourrins sut fleurir le génie?
Toi, Tarbes, où le luth de Tibulle exhala,
Pour te vanter, des chants que prisait Messala?
Et toi, Luchon, si belle entre les fortunées
Des oasis où rit le ciel des Pyrénées?
Même vous êtes nôtre, ô Toulouse, et je sais
De quel lustre en vos champs, brilla l'honneur français,
Quand Soult et Maransin—c'étaient gens d'un autre âge—
Surent au rude Anglais infliger leur courage.
Mais, bast! Louis, quittons les tableaux citadins,
La montagne nous hèle, affrontons ses gradins;
Laissons à l'impotent, au visiteur futile,
Les bains, les bals, les jeux, lès ennuis de la ville.
Sus! à nous, gourde, sac, fruste et noueux bâton!
En route..! Je me sens le jarret fanfaron.

Le jarret, y pensé-je? ô cimes éternelles!
Pour effleurer vos fronts, il nous faudrait des ailes!

(¹) Le 1ᵉʳ octobre 1873, ma jeune nièce, Irma Dubois, venue à
Lourdes avec le pèlerinage de la Lozère, y fut instantanément gué-
rie d'une sorte de paralysie générale. La presse retentit alors de
ce miracle, qui eut pour témoin tout un peuple.

Qui me rendra de voir, à l'heure où l'ombre fuit,
Le feu ressuscité qui, déchirant la nuit,
Promène sur vingt pics, que sa lueur décore,
De créneaux en créneaux, les roses de l'aurore?
Oui, debout au plus haut de ces caps dévastés,
Luiront-elles pour moi leurs augustes clartés
Comme, un jour, je les vis — ô magique féerie! —
Du front de ton géant, Bigorre, ma patrie?
Un astre, au teint vineux, tout pesant de sommeil
Et voguant à tâtons; c'était là le soleil:
On eût dit un esquif tombé dans un naufrage;
Sur une mer de brume, une épave en voyage,
Un phare mal construit, informe; mais bientôt,
Plus vibrant et plus dense, en gravitant plus haut,
Le disque effervescent fait resplendir l'espace,
Et la brume s'affaisse, et l'on voit sur sa trace
Les sévères forêts soulever leurs rameaux;
Puis les gorges s'ouvrir et poindre les coteaux;
Puis, les torrents descendre, et, s'allonger les plaines;
Puis, surgir cent hameaux; puis, vingt cités lointaines;
Et quand l'astre éclatant domine l'horizon,
Tout est flamme, tout est couleur, tout est rayon,
Et, d'un chaos charmant qu'un feu céleste inonde,
On dirait — qu'à rêver — il vient d'éclore un monde.
Là je t'ai vu, Charbide, et toi, Maladetta,
Toi, brèche de Roland, toi, pic de la Bassa,
Et vous, Titans fameux, Marboré, Vignemale;

Enfin, toi, Mont-Perdu dont la crête fatale
A qui t'ose tenter, nous eût coûté Ramond (¹) —
Ton chantre — sans ses crocs, sa hache et Jean Simon.
Mais la montagne rit autant qu'elle est sauvage :
Que de coins enchantés dans ses flancs, que d'ombrage !
Ses marbres sont semés d'arbustes verdissants ;
Autour, les ruisselets légers sont chuchotants ;
Tout végète à plaisir sous leur azur liquide :
Les menthes, les safrans, la pâquerette humide,
Les daphnés odorants, les rustiques muguets,
La rose sans épine et ces frêles œillets
A la feuille taillée en fine découpure,
Pâles de coloris, débiles de structure,
Mais d'un parfum si pur, d'un arôme si frais
Qu'il n'est point de senteur qui ne soit fade auprès,
Et que, de cette fleur, une tête choisie
Embaumera longtemps la main qui l'a cueillie.

Or, ces frêles joyaux qu'un souffle du matin
Fit poindre, ne sont pas connus du citadin.

(¹) Personne n'a mieux senti, ni mieux décrit scientifiquement,
ni mieux peint nos Pyrénées que M. Ramond de Carbonnières qui
avait adopté le Bigorre et que le Bigorre révère. — Nos touristes
miévreux ne sont rien en comparaison de cet intrépide et savant
explorateur-poète. Il a donné de la célébrité à son fidèle guide
Simon.

A-t-il vu la génisse, à sa mère attachée,
Sur la pointe des rocs gravis, rester penchée?
Voit-il l'agile chèvre étudier les pas
D'un grimpeur, et, sur lui, faire écrouler des tas
De cailloux effrités qui, sous ses pieds, ruissellent?
Entend-il les pasteurs, las de sommeil, qui hèlent
Leurs troupeaux et leurs chiens à bien paître égarés?
At-il vu le crétin, ses orbes effarés,
D'un hoquet guttural appuyer la prière
De jeter quelque aumône infime à sa misère?
Verra-t-il Corydon revêtu d'un surcot
De cadis brun, bâiller en faisant du tricot?
Ou, son cousin le pâtre, étendu sur sa hanche,
Rêver à sa Françon lorsque le soleil penche,
Et chanter ce que sent le rêveur amoureux
Pour celle qui résiste à ce qu'il soit heureux?
Là-haut sur la montagne, ainsi chantait peut-être,
Ainsi pleurait son père assis au pied d'un hêtre,
Quand sa volage enfant, — ô surprise! ô regret! —
Pour quelque habit doré dédaigna son béret.
Pour moi, c'est enfoncé dans tes gorges, Barége,
Que j'ai vu, — de Héas (¹) un long et doux cortége
Descendre, en se chantant des cantiques pieux —
Tout fleuri de rameaux sacrés;... oh! que mes yeux
Se mouillaient tendrement en vous voyant, Ménine,

(¹) Chapelle dont le pèlerinage est en renom.

Justin, Blaise, Pierrou, Jacquette, Martheline,
Populaire chéri dont les bras empressés
Si souvent pour m'aider, enfant, s'étaient dressés!
O souvenir lointain de ma naïve aurore,
En remontant vers vous, pourquoi pleuré-je encore?
Allons, cessez, regrets!... Mais qui peut l'ignorer
Qu'il faut à travers rocs et ravins s'égarer
Si l'on veut de nos monts pénétrer la structure
Et, pour les mieux sentir, épouser leur nature?
Celui-là les connaît qui les courut souvent;
Celui qui, sans compter neige, brume, torrent,
Porteur d'un sac de laine, ou, n'ayant pour compagne
Qu'une mule d'acier, fatigue un *port* d'Espagne
Pour nos besoins; c'est là, j'en jure, un vrai gaillard.
Si la tempête gronde, ou, qu'il soit un peu tard,
Dans tel refuge nu reprenant quelque haleine,
Sous un hangar fumeux, il s'endort sur sa laine.
Mange-t-il? Je ne sais. Boit-il? C'est son secret.
Mais, le faut-il debout, cet homme est toujours prêt.
C'est que, jamais à terme et toujours poursuivie,
Sa course ne s'arrête, enfin, qu'avec sa vie.
La montagne est sa ferme, il ne la quitte pas.
Demandez, il répond: « Les grands bois sont là-bas,
Ici, les romarins, plus loin les térébinthes,
Les lavandes plus près, en ce coin, les absinthes.
Sur ce cône élevé les chênes sont noueux;
Plus haut, les bouleaux blancs, les ifs sont plantureux;

16.

Au-dessus, vers ce front neigeux et solitaire,
Quelques lichens épars germent près des fougères;
Sous ces replis obscurs, tel ours est dangereux;
Ici, loge un coq vierge; et là, leste et nerveux,
L'isard au pied furtif, à la corne menue,
Pâture les ravins creusés près de la nue.
Là-bas bondit le Gave, horrible en ses transports.
L'Adour est moins farouche; il épargne ses bords,
Il caresse la fleur, il lèche à peine l'herbe,
Il est limpide et doux avant d'être superbe.
Sur cette pente étroite, un cheval montagnard
Ne laissera jamais son pied mordre au hasard
Un sol pierreux; fi donc! la bête est trop prudente.
Dans cet ombreux taillis, la vipère serpente;
Marchez-y sagement, quelque gaule en vos mains.
Vous y pourrez choisir des herbages très-sains
Pour plus d'un mal; je sais du moins qu'en mon ménage,
Pour la femme et les gars on en chérit l'usage:
Moi, je m'en prive; Allons! mes bons messieurs, bonsoir!
Le temps me presse, il faut que j'arrive: au revoir! »

Louis, ce n'est pas moi, citadin, qui me pique
D'imiter, même un jour entier, cet homme unique.
Moins routier, mon pays cependant m'est connu,
Et si je dis: « voyez! » je peins ce que j'ai vu.
Un jour, très-cahoté sur la côte maudite
Faite en colimaçon qui tourne Pierrefitte,

J'aperçus à travers les rocs, les buissons verts,
Une ligne de craie immense dans les airs ;
Ce sillage, en plein vent, non loin des sombres crêtes,
— Grande route à présent — paresseux que vous êtes,
Vous voiture en coupés de chevaux fins traînés,
A Cauterets l'agreste où vous vous promenez
Comme en un parc anglais, d'eaux tièdes en eaux fraîches ;
C'est doux, mais moins piquant que ses beautés revêches.
J'en prendrais à témoin Thrésine que voilà :
Sous son frais capulet d'écarlate, elle est là
Debout, en jupon court plissé, quenouille droite ;
Sa hanche est andalouse et sa taille est étroite ;
Sa jambe est d'un contour fort cambré qui n'a pas,
Pour agacer tel œil friand, besoin de bas ;
Et ses pieds assortis, sans faute, à ses mains grêles,
Quand ils vont cheminant semblent, ou sont, deux ailes.
Mais la belle est rétive et Bastian le sait trop.
Il la vit à Sempé ; là, son cœur prit le trot
Pour la quinteuse enfant un jour que, sur l'épaule,
Elle, et plusieurs des siens, accomplissaient le rôle
(Avec terre, en paniers ; et, dans la voix, des chants)
D'ériger, sur des plateaux nus, de petits champs,
Lesquels, semés de lin, de maïs verts et d'orge,
Paraient de vêtements fleuris l'aride gorge,
Comme on le voit devers le ciel de Betharam.
Bref, depuis ce jour bleu, ce petit-fils de Cham,
Comme un vrai possédé s'attache à la fillette ;

Elle l'esquive ou fuit, et lui toujours la guette :
Le voyez-vous surgir avec son béret brun,
Son veston cramoisi, son petit air Lauzun,
Sa ceinture serrant une taille nerveuse,
Sa chevelure courte au front, puis onduleuse,
La culotte assez juste, et, la guêtre à son pied ?
C'est l'homme du Béarn, du moins peint à moitié,
Car, que ne sait-on pas de sa fine parole ?
La brunette, on l'a dit, n'en paraît pas très-folle.
Un autre la poursuit, c'est Jean le Bigorrais :
Il est droit comme un pin, il tend bien ses jarrets,
Son regard est viril : sa voix, fière et timbrée,
Saurait, de chants émus, distraire une vêprée ;
Une longne résille en feutre étroit et mol
Donne à ce bon Français un faux air espagnol ;
Son esprit est grossier, mais nullement sa tête ;
En ce pâtre, sans fard, souvent loge un poète ;
Il eut aussi son jour pour voir la belle enfant :
C'était aux clairs rayons d'un été triomphant
Qu'au long des défilés émigrait la famille...
Un fils était devant ; non loin de lui, la fille ;
Les brebis les suivaient, et les chèvres autour,
Pour goûter aux buissons s'accordaient maint détour ;
Quelques vaches, tout près de mules familières,
Mugissaient ; puis, venaient les juments poulinières
Et leurs jeunes téteurs qui, lutins par moments,
Gambadant, hennissant, agaçaient leurs mamans.

Clochettes et grelots sonnaient en cette fête ;
La poche au sel croquant, ce sucre de la bête,
Etait le lot sacré d'un pâtour avisé,
Puis venait le patron du clan, grave, et posé
Sur un cheval choisi pour son sabot solide ;
Il est du camp fiévreux l'indiscutable guide :
Pendant qu'un tout bambin s'est coiffé d'un chaudron,
Et que l'épouse, assise au cœur de l'escadron,
Laisse frémir au vent son capuce amarante.
Jean n'y vit qu'un objet : la fille appétissante
Que Bastian se destine à lui seul ; qui l'aura ?
Bigorre ou bien Béarn ? — Oh ! qui vivra, saura.

Louis, j'ai vu la mer, j'ai compris sa magie,
J'ai connu son silence, et l'horrible harmonie
Dont le combat des vents fait éclater son sein ;
J'ai vu son lit troublé, j'ai vu son front serein,
J'ai senti son courroux, j'ai goûté son sourire,
J'admire l'Océan ; mais, si mon cœur soupire,
C'est pour vous, monts sacrés dans le Bigorre assis.
De vos couronnements mes regards sont épris,
Soit qu'un nuage rose environne vos têtes,
Soit qu'un tourbillon noir y verse les tempêtes,
Ou que, sur vos fronts blancs, l'hiver dorme arrêté ;
Soit qu'un limpide azur les baigne en leur été :
J'aime vos sourds torrents, vos fraîches cascatelles,
Vos bois sombres, les rocs murés à vos aisselles,

La cabane qui fume au bord d'un clair ruisseau,
La jatte de lait pur qu'on garde, au frais, dans l'eau,
La source qui bruit glissant d'un tube informe,
Le chien frappant le val de sa clameur énorme,
Le pâtre qui s'agite autour de ses troupeaux
Dès que la lune étend sur eux ses blonds réseaux;
Enfin, dans l'éther bleu, mille cimes dressées...
Oh! que de tels ferments attisent nos pensées!

Louis, est-ce un doux songe? est-ce un enchantement!
Est-ce une tendre ivresse? un éblouissement?
Mais je renais aux jours de notre double enfance,
Et mes vieux souvenirs s'éveillent en silence :
Je te vois, à seize ans, quand déjà de tes vers
Légers et délicats, j'écoutais les concerts.
Pourquoi — trop négligent — laisser languir ta muse?
Ton esprit te prônait, ta paresse t'accuse.
Je ne suis ton censeur qu'en ce point seulement,
Mais je t'eusse applaudi créant ton monument.
Ton père, un esprit fin ; ta mère, un esprit sage,
S'ils vivaient, te diraient : « Il en est temps, courage! »
Je t'exhorte en leur nom, Louis ; est-ce donc moi
Qui tiendrais notre luth, si tu le prenais, toi?
Tant pis! tu l'as voulu, c'est moi qui l'égratigne;
Je m'en prévaus ; écoute un racontage insigne
Dont tu diras toi-même : « Oh! bravo, m'y voilà ;
C'est toujours le Bigorre, et j'ai bien vu cela : »

Tata — j'en veux parler — c'était bien ta grand'tante :
Elle avait quatre-vingt-neuf ans ou bien nonante,
Quand, sur un banc de pierre, on la voyait s'asseoir
Et filer sa quenouille blanche, au cours du soir.
Elle parlait fort peu, mais fuseaunait sans cesse ;
Puis, pour la propreté, c'était une duchesse :
Sa jupe, en bazin blanc piqué de petits pois,
Etait irréprochable et de neige et d'empois ;
Il faisait beau la voir, en sa vieillesse aisée,
Prendre les soins coquets d'une jeune épousée ;
C'était là son bonheur, on n'en médisait pas.
Souvent, à ses côtés, venait, à petits pas,
Causer monsieur Darqué, plus jeune et moins droit qu'elle,
Don Juan dans ses grands jours, maintenant Sganarelle :
Son chapeau, maltraité, semblait celui que prend,
Pour ses coups les plus fins, le patron de Bertrand ;
Sa paupière, de sucs aigris, était couverte ;
Deux ossements sortaient de sa culotte verte :
Cet homme se fardait, se grimait, se teignait
Et son visage faux n'en était que plus laid.
Ses poches, vrai bazar d'essences, de pommades,
Crevaient de vingt bibus pris pour ses mascarades.
Donc, plus *Tata* plaisait, plus le piteux Faublas
Etait grotesque, ou mieux, répugnant ; car, hélas !
L'une fut l'art coquet, et l'autre la bamboche.
De deux types outrés ce sont là deux ébauches ;
Mais que d'autres plus vrais dont le cœur se souvient !

Mon père, le premier, entre tous, me revient;
Lui dont le cœur ému, la native tendresse
De ses nobles ardeurs imprégna ma jeunesse;
Puis, ceux qui nous berçaient de naïves chansons,
Et ceux dont notre esprit révéra les leçons:
Fréchou, qui racontant ou Villars, ou Turenne,
De leurs gestes vantés rendait notre âme pleine;
Daube — ce Pythagore — enseignant à penser;
Jalon, notre Corot, heureux de nous verser
Son attrait pour nos vals, nos eaux, nos paysages
Et dont la main vieillit à peindre leurs images;
Pambrun, qui nous faisait trembler lorsque sa voix
Tonnante fort souvent, caressante parfois
Nous traçait des labeurs l'austère discipline.

Ami, je suis la fleur qui, de la tour voisine —
Lorsque le temps la fauche — enlace les débris.
Je plonge ma racine en leurs restes meurtris,
Je colore ou parfume un peu leur décadence
Et m'enfonce avec eux dans l'éternel silence.
Louis, en me lisant, si tu dis: « Qu'a-t-il fait? »
Je réponds: « Je n'ai su qu'effleurer mon sujet.
Trop riche, il a montré mon indigence extrême.
O monts pyrénéens! il vous faut un poème...
Je te croyais chanter, Bigorre; ah! quelle erreur!
Mais j'ai parlé de toi, j'ai satisfait mon cœur. »

Février 1875.

L'ÉCRIVAIN LABORIEUX.

Certain rimeur, amoureux de Tibulle,
Qu'il traduisait de six mois en six mois,
Prit quarante ans pour faire un fascicule
D'un bon latin mis en mauvais gaulois.
Lors, il tenta d'imprimer l'opuscule
Pendant quatre ans multipliés par trois ;
Puis il mourut, du grand excès, je crois,
D'avoir commis cet effort ridicule.
Oh ! dors, mignon, dans ta noire cellule,
Comme dormit Tibulle entre tes doigts !...

PRÉDICATEUR ET SONNEUR.

Vrai !... le rare sermon que nous venons d'entendre
(Disais-je à mon ami, comme moi, fasciné
D'un éloquent morceau non moins serré que tendre)
Ce sont là des accents auxquels il faut se rendre.
— Parbleu ! je le crois bien, nous dit un forcené
Tout chaud du câble auquel il venait de se pendre ;
Messieurs, ce beau sermon, c'est moi qui l'ai sonné.

UN GENTILHOMME.

A monsieur le marquis de Talhouët-Roy, député de la Sarthe.

En cet âge avili, sans loyauté, sans mœurs,
Où l'on ne voit qu'esprits souillés ou corrupteurs,
Que larrons s'escrimant pour mieux enfler leurs rentes,
Que Laridons tissant des trames indécentes
Pour prendre en leur filet tel lambeau du pouvoir ;
Oui, quand Vautrin se carre, on aime, il fait beau voir,
Marquis, un homme issu d'une race authentique,
Franc de tige et de cœur, patricien civique,
Excellence, au besoin ; consulaire, toujours,
De nos antiques noms ravivant les grands jours,
Ressusciter en soi les splendeurs généreuses
Qui rayonnaient autour des Rohans, des Chevreuses ;
Et cela simplement, sans œil superbe ; ou mieux,
En vivant noblement, comme ont fait ses aïeux...
Je le connais, marquis, je prise et je révère —
Que d'autres comme moi ! — ce mortel exemplaire
Riche d'arpents et d'or, plus riche de bienfaits,
N'estimant qu'un trésor, les heureux qu'il a faits,
Et vivant, à son tour, dans ce bonheur suprême
(Bienfaiteur sans ingrats) d'être certain qu'on l'aime.
— On le nomme ? — Oh ! marquis, je veux être discret ;
Mais pour nul, hormis vous, ce nom n'est un secret.

        Mars 1875.

TUF ET TORCHIS.

A Pierre Corneille.

Notre siècle est un tronc qu'infeste la poussière ;
Le ver l'a dévasté de sa vile tarière ;
Le bois soutient à peine un fantôme de peau,
Quand on le veut tailler, il fond sous le ciseau :
Donc, en ta longue nuit, qu'un souffle te réveille
Pour recueillir ma plainte, âme du grand Corneille ;
Ecoute : On voit fleurir, en cet âge de fer,
L'indécent fureteur qu'on nomme un reporter (1) :
Que fait-il ? — Le voici : Pour quelques sous par ligne
Il s'en va pourchassant, non sans manége insigne,
En tel bouge ou dans tel boudoir, un récit cru,
Du gros sel d'un scandale abondamment pourvu :
« Madame... Ah ! devinez !... Si peu que monsieur sorte,
Ouvre — Oh ! cherchez à qui ? — sans bruit, certaine porte,
Tandis qu'autour du Bois, monsieur, en son coupé,
Intéresse, à huis clos, Bernadille ou Thisbé.
Ce soir à l'Opéra, francs courtiers de satire,
Cherchez nos tourtereaux, s'il vous est sain de rire :
Déjà chauve et tousseur, monsieur n'est qu'un ex-beau,
Mais madame — en son plein — paraîtra tout en peau (2).

(1) Le reportage aurait sa raison d'être, s'il ne tombait dans l'excès de l'adulation, des puérilités et de l'indiscrétion.

(2) Argot du jour : — Plus que décolletée.

Visez la loge à trois où tel gommeux pétille,
Vous y verrez percher nos oiseaux, en famille. »
Ainsi fait son potin le scrutateur féal,
Et ce fumier cueilli parfume son journal.
Suivons-le en ses ébats : — Une noce s'apprête ;
Oh! pour le fureteur incongru quelle fête !
— « Monsieur, c'est moi qui viens illustrer le trousseau :
Que ces linges sont frais! Ah! le divin fourreau !
Mon Dieu ! qu'a dû coûter cette exquise parure !
L'acquit est-il, au moins, au pied de la facture?
Souffrez que j'y regarde, il est bon d'être exact. »
Puis, il poursuit ainsi, ce monsieur plein de tact:
« Beau-père, votre bru paraît toute anxieuse,
Quelque autre que l'époux la rendrait-il fâcheuse?
Que, pour mon abonné, j'en voudrais être sûr !
Parlez! le cher mari me paraît un peu mûr. »
Mais la noce a son terme, et voici qu'on enterre
Un triste adolescent ; sa mort est un mystère,
Son crâne est tout sanglant : — « Voyons, montrez un peu
Mère au fauve regard, montrez son coup de feu.
Je veux le mesurer, le sonder, le décrire.
L'enfant s'est foudroyé ; d'où lui vint son délire ? '
Aimait-il la fillette ? Une aventure au jeu,
A-t-elle aigri son cœur et mis son arme en jeu?
Mère, n'auriez-vous pas trop déploré ses dettes?
J'attends ; parlez, de grâce ! Au moins, pas de défaites ;
Mettez le point sur l'i ; je dois à mon journal

Le meilleur du récit, j'entends le plus fatal.
Quoi! des pleurs?... je l'inscris, » dit à la pauvre femme,
Qui ne l'écoute pas, l'inquisiteur infâme.
Un souverain déchu n'est pas plus respecté :
« Sire, que dit la reine à votre majesté
Lorsque vous tisonnez pendant la saison dure?
Prenez-vous du thé suisse? Aimez-vous la lecture?
Que pensez-vous du trône après l'avoir perdu?
Sire, que feriez-vous s'il vous était rendu? »
Et puis, passant, du prince, à tel jaloux ministre :
« A quels rivaux, monsieur, vous rendrez-vous sinistre?
Combien serais-je heureux d'écrire que, bientôt
Vous ferez sur tel front tomber votre fer chaud! »
Non, rien n'est trop friand pour l'appétit du drôle :
Il épie, il révèle, il salit; c'est son rôle.
Passez votre chemise, il met son œil dessous;
Mais, quoi! ne faut-il pas qu'il gagne trente sous?

Pierre, si ce jaseur besoigneux eût pu faire
En ton grave foyer sa ronde mercenaire,
Il n'eût pas dit ceci : « Son hôtel radieux
N'est qu'à peine décent pour cet enfant des cieux.
Si le velours et l'or y montent jusqu'au faîte,
Que valent-ils au prix de son illustre tête?
Sachez que ce géant dont Paris s'est coiffé,
Qui l'eût cru? de sa main prépare son café,
Et que, lorsque au matin meurt la dernière étoile,

17.

Debout, ce demi-dieu, daigne allumer son poêle. »
Vivat !... L'on dîne, ici ; les clients sont nombreux ;
Pour le gala, fervents ; pour le patron, fiévreux,
Lequel fera tantôt litière de cigares.
Au fumoir, quels ébats et quels imprévus rares !
Don Juan s'y fait moral, et Géronte égrillard ;
Chut !... Le maître est content et permet le billard.
Quels hommes ! mais chez lui, c'est lui seul qu'on adore,
Et son bonheur aigu peut tourner en pléthore.
Non pas ; c'est au dehors qu'il succombe aux faveurs :
« Le voilà ! C'est bien lui ; » murmurent vingt prôneurs,
« Quel galbe ! et que d'esprit fermente en cette tête !
« Son regard, c'est l'éclair ; son front, c'est la tempête. »
Ou, s'il entre au foyer d'un théâtre, combien
De femmes, torse nu, briguent son entretien,
Et combien de leur cœur lui narrent les détresses !
Il est le confesseur de mille pécheresses ;
Les traînes de satin s'encombrent sur ses pas ;
Quel amour ne voudrait s'épurer dans ses bras ?
Pour le maître encensé, Paris est en délire
Et, non moins que Paris, la province en soupire.
Le reporter accroît ce prodige effronté,
Il divinise un fat avec impunité.

Pierre, ce n'est pas toi — sans mentir — que sa plume
Eût cherché pour enfler, de toi, certain volume.
Pourquoi donc à Rouen fureter un manoir

Où l'on n'eût pu trouver qu'un homme antique à voir?
Est-ce pour dire, au fond, qu'un jésuite sut faire
Grandir l'esprit si grand que jalousa Voltaire ?
Qui l'en croirait?... Ou bien, pour noter que son toit,
Sanctuaire des siens, mais patrimoine étroit,
N'en abrita pas moins sa famille croissante
Et celle d'un puîné nombreuse et grandissante ;
Que le bien paternel, pour chacun fut son bien ;
Qu'on ne connut chez eux ni le tien, ni le mien ;
Même qu'il arriva (fortune, quelle injure!)
Qu'un jour Pierre, à Thomas, dût quêter sa chaussure.
Fi ! raconter cela ; se pourrait-il ? oh ! non,
C'est plat, c'est même usé, depuis Dante et Milton.
Les muses de nos jours, à s'emplir d'or savantes,
Bien plus que tel banquier, honnête homme, ont des rentes.
Passons !... Notre Dangeau dira que son sultan
Sait, avec son public, trancher du capitan,
Et que si ce fâcheux, trop pudibond, le gêne,
D'un débraillé plus franc, monsieur le morigène.
Mais nous apprendra-t-il que, chez le Cardinal,
D'un Boisrobert l'auteur du Cid fut le vassal ?
Non, rien de lui ; donc, moi qu'un éclat faux offense,
Pierre, pour t'honorer ma voix rompt le silence !
Il est vrai, tes bons mots n'étaient pas colportés ;
Tes chevaux sur le turf ne furent pas cotés ;
Sur ton épais surcot — plus abri que toilette —
On eût en vain cherché soit plaque, soit brochette ;

On n'allait pas chez toi caressant tes valets,
Pour tes *routs* éclatants leur quêter des billets ;
Tu n'avais ni villas, ni clos, ni grooms, ni rentes ;
Ta maison n'eût pas su contenir deux servantes ;
On ne t'aurait pas vu, pamphlétaire vénal,
Dans un journal hideux n'encenser que le mal,
Adorer le truand, t'avilir à lui plaire,
Toi, le grand flétrisseur du tyran populaire :
Bah ! tu n'eûs pu fêter ni drôle, ni catin ;
Donc, comment exiger que t'aime un puritain ?
Un sansonnet, frotté de l'école normale,
Dit ta sublimité faite exprès pour la halle ;
Un bouffon — barbouilleur-lithographe — n'a rien,
Pour tes preux, sans rivaux, qu'un dégoût de vaurien,
Et que tu serais vil — prince de l'art suprême —
S'il te mettait jamais aussi bas que lui-même !
C'est que le dépravé ne connaît qu'un affront :
Celui dont la vertu qu'on vante empreint son front.

O Rodrigue, ô don Sanche, ô splendeurs des beaux âges,
Si vous viviez chez nous, vous seriez des ôtages
Que nul de nos ribauds ne saurait excuser
De nous montrer jusqu'où l'on peut les mépriser.
Camille, disparais ! éloigne-toi, Chimène !
Silence ! on va sacrer Frétillon sur la scène.
Pauline, Pulchérie, arrière, s'il vous plaît !
Place ! laissez passer la « grande Déjazet... »

La scène où l'on s'entasse est une ignominie :
D'une légende sainte on a fait une orgie,
Un bacchanal de nus, une foire aux jambons,
Un bazar de chair crue, un cercueil de jupons...
Et que de coins friands de l'épine dorsale
Dont il plaît qu'un goujat quelconque se régale !
Même, à bas ! « ces collants » dont eût rougi Manon,
Et qu'on eût su priser même aux nuits de Néron.
Oui, si d'un tissu mince une femme est vêtue,
Cette femme déplaît n'étant pas assez nue.
Le libertin qu'enfièvre un lubrique désir,
Se plaint qu'un peu de gaze attente à son plaisir ;
Puis le journal écrit : « Allons ! mesdemoiselles,
Du cœur ! Venez comme Eve, afin d'être plus belles ;
Montrez-nous tout, mais tout, cela ne vous fait rien,
Mignonnes, et pour nous, ah ! c'est un si grand bien ! » (¹)
Et nous, nous que tu sus retremper, grand Corneille,
A ces énervements nous prêtons notre veille,
Et nous payons fort cher un spectacle d'excès
Qu'on n'eût su trop payer pour ne le voir jamais.
Mais quoi ! Le Salon même, à la scène infectée
Emprunte ses écarts, sa parure effrontée.
On se tue à trouver d'honnêtes impudeurs
Qui chatouillent la vue en simulant des mœurs ;
On court au couturier, et là, madame ordonne

(¹) Historique.

17...

Un fourreau qui décèle, avant tout, sa personne,
Et le monsieur tâtonne, à bon droit — il le faut —
Tout ce qui veut que l'œuvre éclose sans défaut.
Est-ce assez ? Je me tais et ne dis point, Marphise,
Combien vous aimeriez la peau sur la chemise.
Mais, le siècle est ainsi ; nous aimons le choquant,
Nous courons la drôlesse, il nous faut le croquant.

Pierre, vaillant semeur de sentiments sublimes,
Tu ne trafiquais pas de l'honneur de tes rimes.
La gloire, ce fut mieux pour toi que de l'argent ;
Tu vécus pauvre illustre, et mourus indigent.
De ton temps, les Crispins vantés, les Mascarilles
N'avaient pas fait de nous un peuple de gorilles ;
Tes femmes n'étaient pas Marguerite ou Manon,
On les nommait Grignan, d'Angènes (¹), Maintenon.
Tes hommes, ces héros que révéra la terre,
N'étaient ni Cluseret, ni Rigault, ni Régère ;
Leur nom fut Montausier, Turenne, Enghien, Villars,
Et leur maître, un grand cœur, plus roi que vingt Césars.
Pierre, ceux-là t'aimaient, ils savaient te comprendre ;
Leur France qui voulait monter et non descendre,
De ton âme inspirée essayant la hauteur,
A ton esprit si grand, mesurait sa grandeur ;
Elle t'en sut payer... Certain jour qu'au théatre

_____

(¹) Julie d'Angènes, duchesse de Montausier.

Tu vins, comme au hasard, peintre de Cléopâtre,
Conti, le grand Condé, le parterre en émoi,
Tout le peuple français se leva devant toi :
Il plut mille clameurs sur ta tête blanchie,
Et, si rien en souffrit, ce fut ta modestie.
Bravo !... Pierre, qu'un sot gonfle une vanité,
Quel reporter vaudrait ton immortalité ?

Mars 1875.

L'AMOUR DORMANT.

D'APRÈS GOETHE.

Ne va pas réveiller l'amour,
Dépêche-toi, sors dès l'aurore,
Le subtil enfant dort encore ;
Le gain commence avec le jour :
Vois comme fait la ménagère
Pendant que dort son doux marmot :
Elle dresse et soigne son pot,
Elle rince et vaisselle et verre ;
A toute œuvre, elle court légère,
Car le bambin, tendre ou colère,
Ne s'éveillera que trop tôt.

Avril 1872.

SUR UN BEAU CRÉPUSCULE

QU'ADMIRAIT UNE JEUNE OUVRIÈRE MALADE.

Quand le soleil lassé de sa dure carrière
Dans l'occident qu'il dore épuise sa lumière,
On voit pâlir la terre et le ciel s'obscurcir ;
L'astre aux feux languissants n'offre plus que l'image
D'un vaisseau que menace un âpre et lent naufrage ;
En le voyant décroître, on dit : Va-t-il périr ?

Non, l'astre ne meurt pas ; car, dès l'aube nouvelle,
Illuminant sa face — en sa fraîcheur, plus belle —
Il chasse la nuit froide, il rallume le jour ;
Et, sous l'éclat vermeil de sa tête charmante,
L'ombre a fui, le ciel rit, la nature fermente,
Tout s'éveille, tout croît, tout luit, tout est amour.

Comme ce grand foyer de flamme intarissable,
Notre âme — autre foyer — n'a rien de périssable
Et, si le corps s'éteint, son esprit radieux,
Libre dans son essor et déployant son aile,
Lorsqu'il a vu briser son entrave mortelle,
Va chercher un refuge au plus profond des cieux.

Dieu veut cela pour ceux qui souffrent sur la terre,
Pour ceux qui, dans les pleurs, murmurent leur prière,

Pour ceux dont le cœur tendre est abreuvé de fiel :
Ceux-là verront les feux de l'ineffable aurore
Sur leurs fronts éthérés poindre et grandir encore ;
Ces martyrs de la terre ont leur couronne au ciel.

Avril 1875.

AU LECTEUR,

D'APRÈS GOETHE.

Un cuisinier ingénieux
Préparant un mets délectable,
Y met chose très-variable :
Du calmant et de l'excitable ;
Et, qu'il soit ou non reprochable,
Notre homme est fort capricieux,
Mais son plat est délicieux.
Dis-moi, mon livre est-il aimable ?
Te fait-il quelque heure agréable,
Lecteur bourru, lecteur affable ?
Eh bien ! que mon vers soit fiévreux,
Discret, pimpant ou lamentable,
Qu'importe, s'il te rend heureux ?

ÉPILOGUE.

J'ai donc rimé ; — mais quoi ? Des bagatelles ?
Oh ! que non pas, mais de graves leçons ;
Je ne dis point pour d'obtuses cervelles
Comprenant mal, ou peu ; mais bien pour celles
Sachant que l'art enseigne en cent façons
Et, dans ses plis, contient bien des moissons.
Là, franchement, dis-moi, lecteur morose,
Prit-on jamais le semblant pour la chose,
Si l'on est sage et si l'on a des yeux
Discernant bien le pis d'avec le mieux ?
Pour tel lecteur docte et judicieux,
Je suis badin, mais nullement frivole :
Médite un peu, chez moi, toute parole ;
Et, si du vrai tu te sens curieux,
Si tel esprit, sincère, audacieux,
Qui ne craint pas de fustiger un drôle,
Un ridicule, une doctrine folle,
Un sycophante et sa blafarde école,
Te plaît ; je suis cela : capricieux,
Léger, mais plein de cœur et sérieux.

Avril 187

TABLE.

AQUARELLES.

ARABESQUES

MOEURS.

RÉCITS.

RECUEILLEMENTS.

ERRATA

Page 70, ligne 3, au lieu de *et s'indispose*, lisez : *ou s'indispose.*

— 89, — 23, au lieu de *Ta voix s'éteint*, lisez : *La voix s'éteint.*

— 146, — 2, lisez ce vers omis :

A l'aube exquise, aux prompts déclins :

— 287, ligne 26, au lieu de *ce sont là deux ébauches*, lisez : *ce n'est là qu'une ébauche.*